BASTEI
LÜBBE

Kenneth Smith
© 1982

Kenneth Smith
©1982

©1982
Kenneth
Smith

©1982
Kenneth Smith

Ray Bradbury

Saurier GESCHICHTEN

Ein romantisches Lesevergnügen
Von weltbekannten Zeichnern
illustriert

Ins Deutsche übertragen
von Andrea Kamphuis
und Fredy Köpsell

BASTEI
LÜBBE

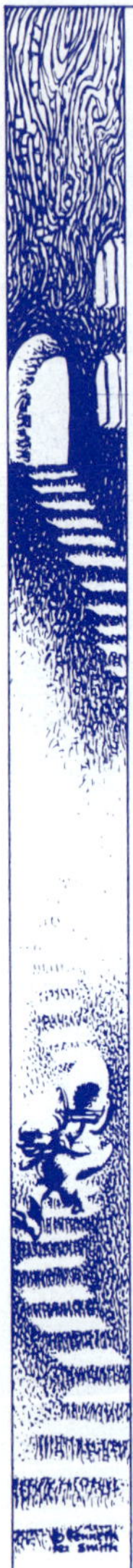

Bastei-Lübbe-Taschenbuch
Band 135389

Erste Auflage: Juli 1993

Deutsche Lizenzausgabe 1993
Bastei-Verlag Gustav H. Lübbe GmbH & Co., Bergisch Gladbach
Originaltitel: Dinosaur-Tales
»A Sound of Thunder« wurde von Margarete Bormann übersetzt © der Übersetzung 1970 by Marion von Schröder Verlag, © der Bearbeitung durch Fredy Köpsell 1985 by Bastei-Verlag Gustav H. Lübbe
Titelillustration: Vincente Segrelles
Umschlaggestaltung: Quadro Graphik, Bensberg
Druck und Verarbeitung: Imprimerie Jean-Lamour, Maxéville
Printed in France
ISBN 3-404-13538-5

Der Preis dieses Bandes versteht sich einschließlich der gesetzlichen Mehrwertsteuer.

Inhalt

Vorwort

Ich sah meine ersten lebenden Dinosaurier im zarten Alter von fünf Jahren. Dort, im abgedunkelten Kino, marschierten sie auf und kämpften im prähistorischen Dschungel, hoch oben auf einer großen Klippe. Die visuellen Eindrücke auf meine Gehirnzellen waren unauslöschlich. Soweit es mich betraf, war *Die verlorene Welt* von 1925 in jeder Einzelheit wahr.

Einige Jahre später gab der originale *King Kong* mit seinen lebendigen Geräuscheffekten und seiner erregenden und »unerhörten« Musik den entscheidenden Anstoß für den Entschluß, daß ausgestorbene Tiere einen Platz in meinem Lebenswerk haben mußten.

Mir zu jener Zeit unbekannt und einige tausend Meilen entfernt, reagierte in Waukegan, Illinois, eine andere, gleichermaßen empfängli-

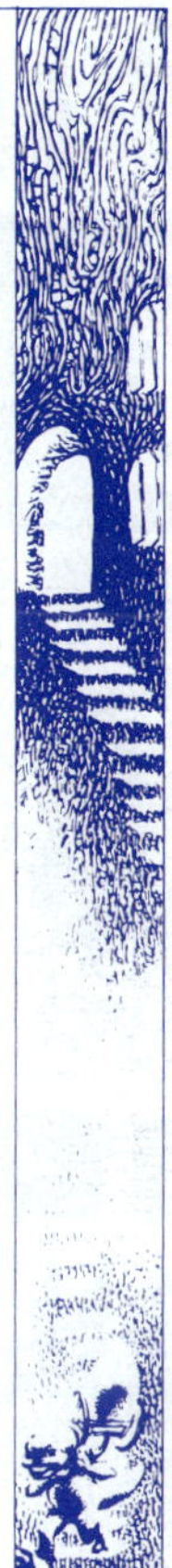

©1982
Kenneth Smith

che junge Seele, auch Ray geheißen, auf genau die gleiche Weise.

Der Dinosaurier war es, der für unsere erste Begegnung in der »Los Angeles Science Fiction League« verantwortlich war, und für die lange Freundschaft, die daraus hervorging. Der Dinosaurier war es, der unser Hauptthema am Telefon war, lange Stunden durch den dünnen Draht hin und herwandernd und auf die Geburt in einem neuen Epos wartend, das der größte prähistorische Film aller Zeiten werden sollte. Irgendwie kam es nie dazu, aber der einmal erzeugte Enthusiasmus trieb uns beide noch Jahre später an.

Ray schlug den Weg des geschriebenen Wortes ein, um schließlich auf seinem Gebiet einer der bewundertsten Schriftsteller der Welt zu werden. Der andere Ray, ich selbst, beschritt den Weg der bewegten Bilder – des Kinos.

Es war *Das Nebelhorn*, das uns kurz zu einem Filmprojekt zusammenführte: *Panik in New York*, aus welchem vermutlich die Anregungen zu *Tyrannosaurus Rex* stammen. Ich hoffe, daß die Schicksalsgöttinnen weiteren, bislang ungeborenen Stoff bereithalten, der uns beruflich noch einmal zusammenbringen wird.

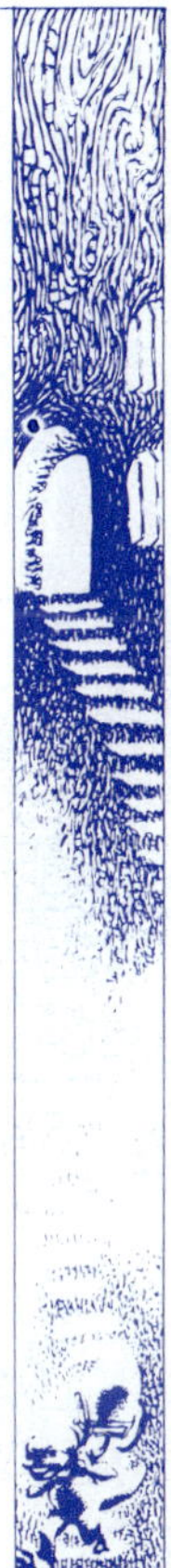

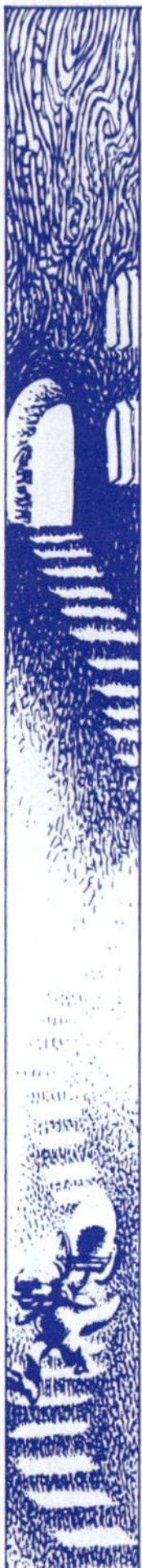

Hier sind, zum ersten Mal in einem Band, all die wundervollen und einzigartigen Dinosauriergeschichten Ray Bradburys, neue und alte. Sie beflügeln die Phantasie, rufen Erstaunen hervor und schenken uns vor allem Stunden anregender Unterhaltung.

Ray Harryhausen

Einführung

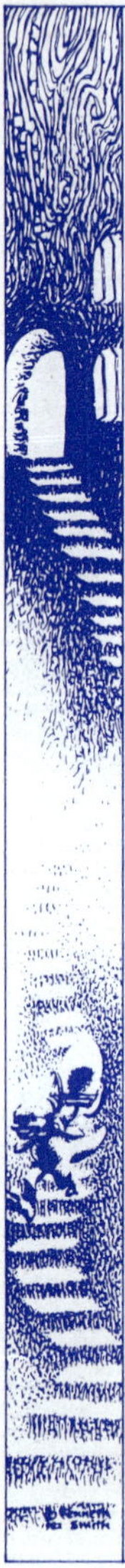

Vor einigen Jahren forderte uns eines Abends beim Essen jemand auf, unsere Lieblingsthemen der Weltgeschichte in der Reihenfolge der Wichtigkeit zu nennen!

»Dinosaurier!« schrie ich. Rasch fügte ich noch »Ägypten. Tutanchamun. Mumien!« hinzu.

Um meine Wahl zu untermauern, trug ich eine kurze Anekdote aus meinem Leben als zwölfjähriges, knospendes Genie vor: Nachdem ich meinen Freunden eröffnet hatte, daß ich fortginge, um Hörspielsprecher zu werden, trottete ich hinunter zum örtlichen Sender in Tucson, Arizona, hing ohne Freunde, ohne Wurzeln herum, lehrte Aschenbecher, besorgte Coke für die Leute und übte die mir eigene Anziehungskraft auf Tiere aus. Nach zwei Wochen hatte ich Karriere gemacht und las nun je-

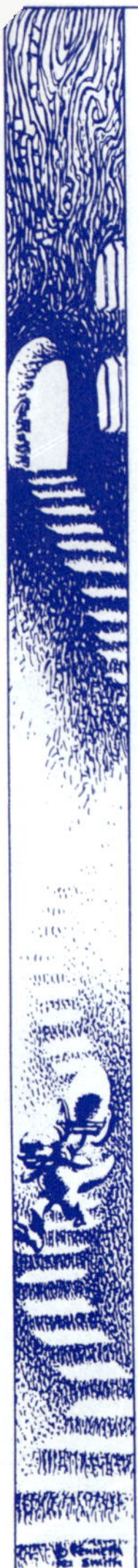

den Samstag Abend den Kleinkindern Hörspiele vor. Der Lohn dafür?

Freikarten für *King Kong* und *Die Mumie.*

Ich war der reicheste Junge, von dem ich je gehört hatte.

Dafür, daß ich tat, was zu tun ich liebte, gaben Gott und der Direktor des Senders mir – wie nett – Passierscheine, um bei prähistorischen Monstern und toten ägyptischen Königen ein und aus zu gehen!

Als ich geendet hatte, setzte augenblicklich eine Revision der Listen an unserem Tisch ein. Männer und Frauen jeder Größe, Farbe, Gestalt und Altersgruppe mußten gelten lassen, daß ich die Themen Nummer eins und zwei gefunden hatte.

Aber besonders eins.

Dinosaurier.

Denn, wie ich meinen Freunden darlegte:

»Wenn in diesem Augenblick ein Fremder in den Raum stürzen und rufen würde: ›Mein Gott, da draußen ist ein Saurier!‹ – was würdet ihr tun?«

»Hinauslaufen«, gab jeder zu, »und nachsehen!«

»Ja,« sagte ich, »obwohl ihr euch absolut sicher wärt, daß es nicht wahr sein kann. Wie kommt es, daß ihr trotzdem aufspringen und hinlaufen würdet? Weil ihr auf ein Wunder hoffen würdet. In den verborgensten Winkeln eurer Herzen wünscht ihr euch Brontosaurus, zahm natürlich, in die Welt zurück.«

»Tatsächlich«, ich wandte mich einem Fernsehproduzenten zu, der mich zuvor gefragt hatte, was ich fürs Fernsehen am liebsten schriebe, »gäbe es, wenn Sie mir vor allem Zeit und ein paar Dollars zur Verfügung stellten, nichts Besseres als eine Serie mit dem Titel *Dinosaurier! Roots?* Das ist nur von fünfzig bis sechzig Millionen Leuten gesehen worden. Unsere *Dinosaurier* würden durch die Lande toben und alle Blicke auf sich ziehen. Achtung Wildwechsel: Pteranodons vorbeilassen.«

Natürlich tat sich nie etwas in der Richtung. Ich rang jedem an der Tafel das Bekenntnis ab, daß er soetwas liebend gerne sähe, und der allgemeine Tenor war, daß sich Dinosaurier mit den größten Kindern der Geschichte messen könnten, aber der Produzent kam niemals darauf zurück. Ich glaube, er gab am nächsten Morgen dem Wein die Schuld ...

Dennoch bleibt, nach all den Jahren, meine

Meinung unverändert: Dinosaurier und Tut. Ich habe bis heute nicht herausgefunden, was an dritter Stelle stehen sollte: Es könnte der Mond sein. Oder Mars. Sie sind *beinahe* Spitze. Aber Stegosaurus ist es *wirklich*.

Vielleicht weil er in greifbarer Nähe liegt. Wir sehen und berühren und beschäftigen uns mit den Knochen, die vor uns aufgebahrt sind, zusammen mit den längst bestimmten Eiern, aus denen sie sich vor zehntausend Millionen Morgen davontrollten. Mond und Mars sind völlig wirklich, aber nur eine Handvoll Menschen hat den einen berührt, und nur unsere den Raum durchreisenden Kameras haben den anderen aus der Nähe gesehen. Wenn wir auf beiden spazieren gehen, und wahrscheinlich *werden* wir das, schlagen jene Welten Tut und Pterodactylus vielleicht aus dem Rennen.

Gegenwärtig nehme ich es jedoch hin, und verkünde es ruhig, daß mein Leben ohne Dinosaurier ein Nichts wäre. Dinosaurier brachten mich auf den Weg zur Schriftstellerei, Saurier halfen mir, mich bis zur Anerkennung auf diesem Weg weiterzukämpfen. Und ein Saurier, der sich in den Klang eines Leuchtturm-Nebelhorns verliebte – in der Geschichte »Das Nebelhorn«, die ich 1950 schrieb und veröffentlichte – wandelte mein Leben, mein Einkommen und meine Art zu schreiben für immer.

In dieser Geschichte, auf der der Film *Panik in New York* beruht, erlaubte ich meiner heftigen Liebe zu solchen Ungeheuern, sich zu offenbaren; das erweckte 1953 die Aufmerksamkeit von John Huston. Er las die Erzählung und erlebte die Not eines Monsters mit, das den melancholischen Ruf eines Nebelhorns für den Brunftschrei eines anderen Ungeheuers hält. Huston verspürte in all dem den Geist Melvilles und forderte mich auf, das Drehbuch zu *Moby Dick* zu schreiben.

Was Huston verspürte, war natürlich nicht Melville, sondern der Einfluß, den Shakespeare und die Bibel auf mich hatten. Und da die Bibel und Shakespeare den Weißen Wal in seiner ganzen Pracht aus Melvilles Stirn hervorgezogen hatten, läuft es auf das Gleiche hinaus. Ich bekam den Job, schrieb das Buch und beobachtete, wie Melville und sein vorzeitliches Ungeheuer sich mit gewaltiger Tonnage und Beständigkeit in meinem Leben einnisteten.

So landeten, wie Sie sehen, die Dinosaurier, die in *Die verlorene Welt*, jenem altberühmten

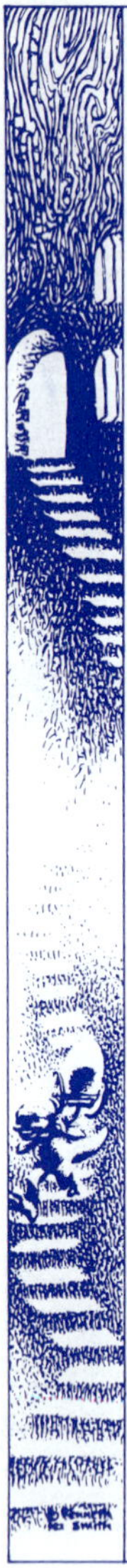

Film aus dem Jahr 1925, von der Klippe stürzten, geradewegs auf mir, genau wie es *King Kong* tat, als ich zwölf war.

Ganz wundervoll plattgedrückt, atemlos vor Liebe, taumelte ich zu meiner Spielzeugschreibmaschiene und verbrachte den Rest meines Lebens damit, an dieser unerwiederten Liebe zu sterben.

Auf diesem Weg traf ich einen anderen jungen Mann genau meinen Alters, besessen von genau der gleichen Liebe, um nicht zu sagen: Begierde. Denn jene prähistorischen Kreaturen trieben seine Tage an und beunruhigten seine Nächte. Der junge Mann hieß Ray Harryhausen. Er bastelte in seiner Hinterhofgarage eine Dinosaurierfamilie und erweckte sie durch einen 8 mm-stop-motion-Film zum Leben. Ich besuchte die Familie häufig, berührte die Tiere, unterhielt mich stundenlang, viele Nächte in vielen Jahren, mit meinem Freund, und wir waren uns einig: daß er erwachsen werden und Saurier zur Welt bringen – und daß ich erwachsen werden und ihnen Sprache verleihen mußte. Und so geschah es.

Panik in New York war der erste und einzige Film, den wir zusammen machten. Kein großer

Film, nicht einmal ein besonders guter, aber der Start zweier Karrieren, die letztendlich seine Trickfilme, seine Ungeheuer und meine Bücher in die entferntesten Winkel der Erde brachten. Und die ihren Höhepunkt in jener Nacht vor einem Jahr fanden, als ich anläßlich eines von der Picture Academy of Arts and Sciences zu Ehren Ray Harryhausens veranstalteten Festaktes mit Filmausschnitten die einleitende Rede auf ihn hielt. Als ich sie beendet hatte, rannte Fay Wray, die Heldin der 33er Fassung von *King Kong*, aus dem Publikum, riß uns beide an sich, umarmte uns und krönte so zwei Leben, die vor langer Zeit mit einfacher, unverstellter, Liebe in Museen in Lichtspieltheatern und Garagen begonnen hatten.

Entlang des Weges haben Harryhausen und ich uns eine Menge zwielichtiger, schiefhackiger, stets schulmeisterlicher »Entschuldigt-meine-Füße-auf-dem-Tisch«-Produzenten gefallen lassen müssen.

Ich geriet derart in Wut über die Art, wie einer von ihnen mit Ray umsprang, daß ich die in diesem Band enthaltene Geschichte »Tyrannosaurus Rex« schrieb, um mein Wohlbefinden wiederherzustellen.

Die Zeit zur Beichte ist gekommen. Vor gut dreißig Jahren besuchten Ray Harryhausen, meine Frau Maggie und ich eine Aufführung des *Siegfried* mit dem bedeutenden Tenor Jussi Björling in der Rolle des Titelhelden. Wir kamen natürlich nicht, um Siegfried zu sehen oder die Musik zu hören, die selbstverständlich prächtig war. Sehen wollten wir – Gott erbarme sich unserer verlorenen, süßen Seelen – Fafnir, den Drachen.

Ich bin mir klar darüber, daß Harryhausen und ich, indem ich dies zugebe, wohl bei den meisten Opernliebhabern in die Liste der grobschlächtigsten, hirnlosesten, verdammenswertesten *Siegfried*-Besucher der Geschichte eingehen werden. Ich nehme die Verwünschungen auf mich und lebe mit der Schuld. Trotzdem, da waren wir, zu dritt, im unteren linken Flügel des Ranges, und warteten scheinbar neun, in Wirklichkeit wohl nur acht Stunden auf den Auftritt Fafnirs.

Und er erschien. Ich sah ein Zoll seiner rechten Nüster, Maggie sah eines seiner Barthaare und Harryhausen sah nur die unermeßliche Dampfwolke, die Fafnir in seiner kurzen »Arie« ausstieß, bevor er verschwand.

Denn, wissen Sie, unsere Sitze waren so teuflisch angelegt, die Bühnendekoration so teuflisch gebaut, daß fast ein Drittel der Zuschauer das Scheusal nie richtig zu Gesicht bekam. Wir gehörten zu diesem betrogenen Drittel.

Niedergeschmettert blickten Ray und ich uns über meine Frau hinweg an. Das lange Warten inmitten der zugegebenermaßen erstaunlichen Musik war vergebens gewesen.

Kurz darauf traten wir den Rückzug ins Foyer an und von dort aus, geschlagen und untröstlich, nach Hause.

Westwärts auf das Meer zusteuernd überholte uns ein großer Wagen, auf dessen Rücksitz eine dunkelhaarige Königin saß: Elizabeth Taylor.

Sie war uns kein Trost.

Obwohl ich Fafnir nie zu Gesicht bekam, fuhr ich fort, seine Vettern und die Geschichten, in denen sie auftauchen, in Bibliotheken und Buchläden aufzustöbern. Meine Liebe zu Buchillustrationen.

Während der vergangenen vierzig Jahre, da die meisten amerikanischen Kunstgalerien nichts zeigten als jene langweiligen, bügelfreien Hau-Ruck-Abstrakten, suchte ich Zuflucht in

den weiten Armen der Präraphaeliten. Mit Gustave Doré und Grandville jagte ich zurück durch London und Paris, um mit John Martin Köpfe einzuschlagen und mit Hogarth zu versuchen, den Geist von Gin Lane und Fleet Street wiederaufleben zu lassen, oder mit Callot am Hofe Ludwigs herumzutollen. Mich befriedigte nichts Anderes als Handlung, Symbol, Metapher, wie sie in all ihren Werken zu finden waren. Goya schickte mich in den Krieg, saß mit mir bei Stierkämpfen, ließ mich rittlings auf Hexenbesen hocken, und ich war niemals der Gleiche. Ich wankte aus den meisten Galerien der Kunst des zwanzigsten Jahrhunderts wie einer, der gerade chinesisch gegessen hat, und wunderte mich eine Stunde später, daß ich schon wieder hungrig war.

Es begab sich dann, daß ich, als der Herausgeber dieses Buches mir die Skizzen dieser prachtvollen Biester zeigte, nicht widerstehen konnte. Der Geist von Harold Foster, der sechs Jahre lang den Tarzan zeichnete, damals zu Beginn der dreißiger Jahre, sprach zu mir. Er sagte: Gedenke der Dinosaurier, die über dein Nachtlager stampften und unter der Zimmerdecke segelten! Die Geister der Schöpfer von Buck Rogers und Flash Gordon sagten ungefähr das Gleiche. Meine Comic-Sammlung, nach fünfzig Jahren noch immer komplett und im Keller wartend, erinnerte mich an meine ersten kunstorientierten Passionen. Dulac, Teggren und Rackham begleiteten dieses Kind von der Krippe an. Kein Wunder, daß ich »Jawohl!« schrie, als ich die hier veröffentlichten Arbeiten von Bil Stout, Steranko, Moebius, David Wiesner, Overton Loyd, Kenbeth Smith und Gahan Wilson sah.

Die anderen hier gesammelten Geschichten und Gedichte sind zum einen oder anderen Zeitpunkt im Laufe der Jahre entstanden, wenn ich mich des Morgens, am späten Nachmittag oder mitternachts plötzlich fragte, worüber ich genau *jetzt* am liebsten schreiben würde. Die Antwort war natürlich: »Dinosaurier!«

Dies sind allesamt *Was wäre wenn*-Geschichten oder Gedichte. Was, wenn ein Dinosaurier tatsächlich einem Nebelhorn verfiele? Was, wenn wir in der Zeit reisen und uns zurückversetzen könnten, um prähistorische Bestien zu jagen? Letzteres war ein Experiment, das ich 1950 wagte. Ich setzte mich einfach eines Morgens an meine Schreibmaschine, ohne

eine Ahnung, wo ich mich hinwinden würde, hämmerte eine Zeitmaschine zusammen und schoß meine Jäger ein paar Millionen Jahre zurück, um zu sehen, was passieren würde. Drei Stunden später, nachdem ein Schmetterling aufgetreten war, um daraus eine der ersten – unbewußt – ökologischen Geschichten zu machen, war die Erzählung beendet, die Bestie erlegt und die politische Historie auf ewig geändert.

»Außer 'nem Saurier – Was willste werden, wenn du groß bist?« entwickelte sich aus einem gleichermaßen simplen Konzept. Da ich selbst ein Junge gewesen war, der gerne eines Morgens mit Drachenzähnen aufgewacht wäre, ließ ich einfach den Wagen meiner Schreibmaschine hin und her sausen und den gealterten Jungen seinen vielleicht furchterregendsten Traum ausspinnen.

Und die Dinosaurier, die den Sandstrand entlangtanzen? Ich habe in meinem Leben mindestens vierhundert Ballettaufführungen besucht und dort ziemlich viele schwerfällige Ungeheuer gesehen. Abgesehen davon sind meine vergnügten Tiere vermutlich die leiblichen Vettern der Flußpferde, Strauße und Alligatoren, die uns vor langer Zeit, in *Fantasia,* vor Freude aus dem Häuschen geraten ließen.

Und meine Zukunftspläne? Ich schreibe das Libretto einer Raumfahrt Oper mit dem Titel *Leviathan 99.* In ihr versetze ich den Moby-Dick-Mythos zwischen die Sterne. Die Oper dramatisiert die Ankunft eines Großen Weißen Kometen, der unseren Winkel des Universums alle vierzig Jahre heimsucht. Mein Äquivalent des Ahab, der Kapitän eines Raumschiffes, zieht aus, um den Kometen anzugreifen, der ihm, als er ein junger Mann und frischgebackener Raumfahrer war, das Augenlicht nahm. Die Oper ist natürlich Melville gewidmet. In ihr mag das Ungeheuer seine ursprüngliche Gestalt verloren haben, nicht aber sein Wesen, seinen Schrecken, seine großartige Schönheit. Tief aus ihrem Inneren spricht der Geist eines Jungen, der sich in eben solche Monster verliebte und losziehen und mit ihnen leben wollte – vor siebenundfünfzig Jahren.

Der Junge rief ein Wort. Der Große Weiße Komet wiederholt es einfach nur:

Dinosaurier, natürlich.

Dinosaurier! *Ray Bradbury*

Los Angeles, 12. August 1982

Außer 'nem Saurier –
was willste werden,
wenn du groß bist?

»Fragt mich mal was, okay?«

Benjamin Spaulding, zwölf Jahre alt, hatte gesprochen. Die Jungen, die rings um ihn auf dem Rasen herumlagen, reagierten nicht einmal mit einem Augenzwinkern oder einem Schwanzwedeln. Die Hunde, die zwischen ihnen lagen, taten ungefähr das gleiche. Einer gähnte.

»Na los«, sagte Benjamin. »Frag' schon einer.«

Vielleicht war es seine versonnene Betrachtung des Himmels, die ihn auf diese Idee brachte. Dort oben schwebten große Gestalten, befremdliche Ungeheuer, die von Wer-weiß-wann nach Wer-weiß-wohin reisten. Vielleicht war es ein Donnergrollen jenseits des Horizontes, ein Sturm, der über sie hinwegzufegen beschlossen hatte. Oder vielleicht ließ ihn das wieder an die Schattengestalten im Field Museum denken, wo die alte Zeit so aufregend war wie jene anderen Silhouetten, die er in der letzten Samstagnachmittag-Vorstellung gesehen hatte, als *Die verlorene Welt* wiederholt wurde und Monster von Klippen fielen und die Jungen wie gebannt auf ihren Plätzen saßen und vor Entsetzen und Begeisterung kreischten. Vielleicht –

»Okay«, sagte einer der Jungen, die Augen geschlossen, so tief im Tran, daß er nicht einmal gähnen konnte. »Wie wär's mit: Was willste werden, wenn du groß bist?«

»Ein Dinosaurier«, antwortete Benjamin Spaulding.

Wie auf Bestellung rollte Donner am Horizont. Die Jungen öffneten ihre Augen.

»Ein *was?*«

»Ja schon, aber *außer* 'nem Saurier?«

»Nein«, meinte Benjamin. »Kein anderer Job lohnt sich.«

Er fixierte jene Wolken, die in titanischen Formationen dahinzogen, um einander zu verschlingen. Als mächtige Beine durchschnitten Blitze das Land.

»Dinosaurier«, flüsterte er.

»Los, wir verziehn uns.«

Einer der Hunde wies den Weg, die Jungen folgten und schnaubten verächtlich. »Dinosaurier? Ha, Dinosaurier!«

Benjamin sprang auf und schüttelte die Faust. »Ihr werdet, was *ihr* wollt, ich werde, was *ich* will!«

Aber sie waren nicht mehr da. Nur einer der Hunde war geblieben, und der sah nervös und unglücklich aus.

»Zum Teufel mit ihnen. Los, Rex, gehn wir essen.«

Aber genau dann kam der Regen. Rex rannte davon. Benjamin blieb stehen, sah stolz und erhobenen Kopfes hierhin und dorthin und ignorierte den Guß. Dann stolzierte er, mit Miniatur-Majestät, allein, aber naß und wundersam, über den Rasen.

Donner öffnete ihm die Haustür. Donner schlug sie zu.

Selfmademan war die einzig richtige Bezeichnung für Großvater. Das Problem war, wie er oft bemerkte, wenn er im Hühnchen herumstocherte oder im Apfelkuchen grub, daß er

niemals entschieden hatte, was er aus sich machen wollte.

So hatte er irgendwie das unstete Leben eines Mannes hinter sich gebracht, der Lokomotivführer gewesen war, früh aus dem Dienst ausschied, um Bibliothekar der Stadt zu werden und frühzeitig aus dem Dienst auszuscheiden, um sich um das Bürgermeisteramt zu bemühen und auszuscheiden, noch bevor er den Posten angetreten hatte. Gegenwärtig war er vollauf damit beschäftigt, einen Druckladen in der Innenstadt zu führen und eine Löwenzahnweinpresse im Anti-Prohibitions-Keller von Großmutters Pension zu bedienen. Zwischen Geschäft und Keller strich er in seiner riesigen Bibliothek herum, die sich über Eßzimmer, Flure und Toiletten erstreckte und alle Schlafzimmer mit einbezog, vom Tief- bis ins Dachgeschoß. Die breite Skala seiner Hobbys schloß das Sammeln selbst gefangener Schmetterlinge ein, ging weiter über die Kühlergrille von Autos, Blumenzüchtung in einem Garten, der sich seinem grünen Daumen widersetzte, bis hin zum Bewachen seines Enkels.

Gegenwärtig war das erwähnte Bewachen ein Tanz auf dem Vulkan.

Der Vulkan war inaktiv – er saß am Mittagstisch. Großvater, der eine bevorstehende Eruption spürte, wischte sich den Mund ab und fragte: »Was gibt's Neues in der weiten Welt? Gerade aus irgendeinem Stück Flora gefallen? Irgendwelche Fauna, wildgewordene Bienen oder so, die dich nach Hause gejagt haben?«

Benjamin zögerte. Die Gäste der Pension kamen herein wie Kannibalen und gingen wie Christen. Er wartete auf ein paar neue Kannibalen, damit er mit dem Essen anfangen konnte, und sagte dann: »Hab' 'ne Lebensaufgabe für mich gefunden.«

Großvater pfiff leise. »Und was ist es?«

Benjamin sagte es.

»Donnerkeil.« Großvater schnitt sich, um Zeit zu gewinnen, noch ein großes Stück Pastete heraus. »Großartig, daß du dich schon so früh entschieden hast. Aber wie willst du die Ausbildung angehen?«

»Hast Bücher in deiner Bibliothek, Opa.«

»Massenhaft.« Großvater kämpfte mit dem Teigrand. »Aber ich kann mich an keine Lehrbücher aus Jura oder Kreide erinnern, als Töten Mode war und das niemand zu kümmern schien ...«

»Du hast Milliarden von Magazinen im Keller, Opa, und 'ne halbe Million auf dem Dachboden.« Benjamin schlug seine Pfannkuchen wie Seiten um, auf denen er die Wunder sah. »Mußt neunhundertneunundneunzig Bilder von der Urzeit haben und von den Viechern, die da lebten.«

Gefangen in seiner Angewohnheit, niemals etwas wirklich abzuschlagen, konnte Großvater nur leise sagen: »Benjamin ...«

Er senkte den Blick. Als der Junge zehn war, waren die Eltern in einem Sturm auf dem See verschwunden. Sie und ihr Boot wurden nie gefunden. Seitdem mußten verschiedene Verwandte Benjamin vom See wegholen, wo er auf das Wasser hinausrief und schrie, wo sie denn alle blieben, und warum sie nicht nach Hause kamen. Aber in letzter Zeit war er weniger oft unten am See und häufiger hier in der Pension. Und jetzt – Großvater blickte düster – in der Biliothek.

»Nicht bloß *irgendein* alter Saurier«, unterbrach ihn Benjamin. »Ich habe vor, der beste zu werden!«

»Brontosaurier?« riet Großvater. »Die sind nett.«

»Nee!«

»Allosaurus also, du meinst Allosaurus. Hübsch als Spitzentänzer, bei ihrer Art, gewissermaßen dahinzuschweben.«

»Nee!«

»Pterodactylus?«Großvater war jetzt Feuer und Flamme. »Fliegen hoch, sehen aus wie diese Entwürfe von Drachenmaschinen, die Leonardo gezeichnet hat, weißt du, der da Vinci.«

»Pterodactylus«, sann Benjamin nach und nickte, »ist *fast* die Nummer eins.«

»Was ist es *dann?*«

»Rex«, flüsterte der Junge.

Großvater sah sich um. Was ist denn mit dem Hund?«

»Rex.« Benjamin schloß die Augen und sprach den ganzen Namen aus. »Tyrannosaurus Rex!«

»Heiliger Strohsack!« sagte Großvater. »Das ist ein Name, der klingt. König von allen, was?«

Benjamin war versunken in Zeit, Dunst und sumpfigen, weglosen Mooren.

»König«, flüsterte er, »von allen.«

Plötzlich riß er die Augen auf.

»Hast du eine Ahnung wie ...?«

Der alte Mann wich dem unvermittelt feurigen Blick aus. »Nein. Aber sag mir bescheid, wenn du was findest. Bei deinen Nachforschungen.«

»Juhu!«

Benjamin nahm das als eine Genehmigung, sprang von seinem Stuhl auf, schoß zur Tür, hielt inne und drehte sich um.

»Außer in eine Bibliothek – wo kann man für sowas hingehen?«

»Hingehen?«

»Feuerwehrleute gehen zum Üben in Feuerwachen. Lokführer gehen zum Lernen in Depots. Ärzte ...«

»Wo«, überlegte Großvater, »wo geht ein Junge hin, der summa cum laude zur Erste-Klasse-1-a-Echse promovieren will?«

»*Genau* das.«

»Field Museum vielleicht. Voll mit Knochen aus Gottes tiefstem Speicher. Dinosaurier-College, Junge! Nehm dich da mit hin.«

»Mensch, Opa, danke! Wir werden so glücklich sein, daß wir hin und herrennen und schreien!«

Und – päng! – knallte die Haustür zu. Der Junge war weg.

»Ich wette, das werden wir, Benjamin.«

Großvater ließ mehr Sirup in golden glänzenden Mustern auf den Teller rinnen und starrte versonnen in die bernsteinfarbene Masse, überlegte, wie ein so feuriger Junge abzukühlen sei.

»Ich wette, das werden wir.«

Ein großes, rasendes Ungeheuer traf ein großes, wildes Monster trug sie mit sich fort: Der Zug nach Chicago; und Benjamin und Großvater in ihm, im Magen des Monsters, das er war, tauschten Lächeln und Rufe aus.

»Chicago!« rief der Schaffner.

»Wie kommt es«, fragte Benjamin stirnrunzelnd, »daß er das Field Museum nicht ausgerufen hat?«

»*Ich* werd's ausrufen«, sagte Großvater. Und ein paar Minuten später: »Hier ist es!«

Drinnen wanderten sie unter hoch aufragenden Ungeheuern umher und ergötzten sich an Monstern, so toll, daß es einem die Puste ausging. Hier bestaunten sie vergangenes Fleisch, dort raubten ihnen wiederentdeckt-wiedererrichtete Skelette den Atem. Hand in Hand,

Staunen in Staunen, junge Begeisterung, die alte Erinnerung an Begeisterung anführte.

»Opa, schon bemerkt? Sieh mal, dieser ganze wahnsinnige große Ort – und niemand, keine Leute aus Green Town hier!«

»Nur du und ich, Benjamin.«

»Die Einzigen von zu Hause, von denen ich weiß, daß sie mal hier waren, sind ...« Die Stimme des Jungen wurde zu einem Hauchen. »... Mami und Papi ...«

Um die Stimmung vor dem Umkippen zu bewahren, warf Großvater schnell ein: »Sie haben es bestimmt sehr gemocht, Junge. Aber jetzt komm mit! Sehen wir uns um!«

Sie zogen los, um sich von einer Schar alptraumhafter Gestalten erschrecken, überwältigen und gefangennehmen zu lassen, das Charles L. Knight gemalt hatte.

»Ist ein Mann, der mit dem Pinsel zu dichten versteht«, erklärte Großvater bewegt am Rande dieses Grand Canyon der Zeit. »Shakespeare auf einer Wand. Und wo, Benjamin, ist dieser große Hund, Rex, nach dem du dich so sehnst?«

»*Der* Wolkenkratzer da! *Das* ist er!«

Sie gingen hin, dann standen sie unter der

riesenhaften Gestalt. Mit ihren Blicken spielten sie stumme Melodien auf der langen, xylophonischen Kette der Wirbel und Rippen.

»Hätten wir doch eine Leiter.«

»Um hochzuklettern und ihm wie durchgedrehte Zahnärzte zu befehlen, den Mund weit aufzusperren?«

»Er grinst, nicht, Großvater?«

»Wie meine Schwiegermutter bei unserer Hochzeit. Willst du dich auf meine Schultern setzen, Ben?«

»Kann ich?«

Auf Großvaters Schultern reitend, berührte Benjamin mit einem seltsamen Keuchen das uralte Lächeln.

Dann, als ob irgend etwas nicht stimmte, berührte er seine eigenen Lippen, seine Zähne, sein Zahnfleisch.

»Zieh den Kopf ein, Junge«, sagte Großvater. »Paß auf, vielleicht *beißt* er.«

Irgendwie rasten die Wochen vorbei, der Sommer glitt dahin, die Bücher stapelten sich, die Skizzen machten sich in Benjamins Zimmer breit: Pläne von Knochen, Schautafeln von Zähnen aus Jura und Kreide.

»Allmächtiger!« murmelte Großvater, als er kurz zur Tür hineinblickte.

»Die tollen Bilder von Mr. Knight, dem Mann, der durch die Zeit sieht und sie *malt!*«

In diesem Moment tickte ein Kieselstein gegen das Mansardenfenster.

»He!« riefen einige Stimmen von unten herauf. »Ben!«

Benn trat ans Fenster, schob es auf und schrie durch das Fliegengitter. »Was wollt ihr?«

»Lang nicht gesehn, Ben. Komm mit schwimmen.«

»Keine Lust.«

»Machen naher Eis, bei Jim zu Haus.«

»Keine Lust.«

Ben schlug das Fenster zu, drehte sich um und sah sich einem noch entgeisterteren Großvater gegenüber, als zuvor.

»Ich dachte, Bananeneis macht dich rasend vor Verlangen«, sagte der Alte. »Du bist seit Wochen nicht draußen gewesen. Mach mal 'nen Punkt, Fröschlein.« Großvater kramte in seinen Hosentaschen, sichtete Zettel und fand eine Ankündigung. »Ich hab's! Lies mal!«

Benjamin schnappte das Papier und las:

SONNTAGSPREDIGT. ERSTE BAPTISTEN. 10 UHR. WANDERPREDIGER: ELLSWORTH CLUE. PREDIGT: DIE JAHRE VOR ADAM, DIE ZEIT VOR EVA

»Junge!« schrie Benjamin. »Heißt das das, was ich *glaube?* Können wir gehen?«

»Immer langsam mit den jungen Pferden«, sagte Opa.

Da nicht Sonntag war, mußten sie lange warten. Aber am frühen Sonntagmorgen nahm Benjamin Großvater ins Schlepptau und zog ihn die Straße zum Gotteshaus der Ersten Baptisten hinunter.

Und tatsächlich, im Innern legte Reverend Clue, Bezähmer des Bösen und Bändiger seiner Ungeheuer rumsbums mit einer Predigt über Behemothe los, fischte nach Walen, fing Leviathane, schilderte düster die Untiefen und endete mit einer donnernden Herde von – wenn auch nicht gerade Dinosauriern, so doch ihren schweflig-bestialischen Vettern. Und diese warteten in den feurigen Gruben auf Christenbuben, die straucheln und in jenen reizenden Hochöfen landen könnten.

So erschien es jedenfalls Benjamin, der das erste Mal in seinem Leben aufrecht im Gottesdienst saß, die Augen frei von Schlaf, und ohne ein einziges Mal zu gähnen.

Hochwürden Clue, der das verklärte Lächeln und die blitzenden Augen des Jungen bemerkt hatte, versuchte von Zeit zu Zeit, dieser Begeisterung einen Dämpfer aufzusetzen, indem er die Ahnentafel der Hoftiere Luzifers, des Schwarzen Hirten, durchtobte.

Am Mittag wankte die Gemeinde – aus der Monsterschau entlassen und erhitzt von der Berg- und Talfahrt durch die Hölle – blinzelnd ins pralle Sonnenlicht, weit mehr mit den Einzelheiten der prähistorischen Schlächtereien vertraut gemacht, als ihr lieb war. Ausgenommen natürlich Benjamin, der sich an den noch von seiner eigenen Wortgewalt überwältigten Reverend klettete und ihm die Hand wie einen Pumpschwengel schüttelte – in der Hoffnung, daß noch weitere Wundertiere aus dem Mund des heiligen Mannes hervorsprudelten.

»Donnerwetter, Hochwürden, das war toll! Die Monster!«

»Können dem Monster ›Mensch‹ allerdings nicht das Wasser reichen«, sagte der Reverend in seinem Bemühen, den Kurs seiner Rede beizubehalten.

Benjamin war nicht zu bekehren.

»Mir gefiel besonders die Stelle, daß Wünsche wirklich werden. Ist das wahr?«

Der Reverend wich den feurigen Blicken des Jungen aus.

»Warum ...«

»Ich meine«, erklärte Benjamin, »wenn sich jemand etwas heftig genug wünscht, wird's dann wahr?«

»Wenn du«, schaltete sich Großvater ein, um den Geistlichen von seinem Zögling zu befreien, »den Armen gibst, die richtigen Gebete sprichst, deine Hausaufgaben machst, dein Zimmer aufräumst ...«

Großvater ging die Luft aus.

»Das ist verdammt viel.« Benjamin blickte vom Abgrund des Großvaters auf das Hochplateau des Reverend Clue. »Was mach' ich zuerst?«

»Der Herr weckt uns jeden Morgen zu unseren Pflichten, mein Sohn. Mich zu den meinen: predigen. Dich zu den deinen: ein Junge zu sein, willig und bereit, zu wünschen und zu werden.«

»Zu wünschen und zu werden!« triumphierte Benjamin mit leuchtenden Augen. »Zu wünschen und zu werden!«

»*Nach* der Hausarbeit allerdings, Junge, *nach* der Arbeit.«

Aber Benjamin, aufgedreht und übermütig, rannte, hielt inne, kam zurück, hörte nichts.

»Reverend, Gott hat sich diese Tiere ausgedacht, nicht?«

»Nun ja, beim Himmel, Sohn, das *hat* er.«

»Haben Sie irgendne Ahnung, *warum?*«

Großvater legte seine Hand auf Benjamins Schulter, aber Ben, er spürte sie nicht.

»Ich meine, warum sollte Gott Dinosaurier erfinden und sie dann einfach so kaputt gehen lassen?«

»Die Wege des Herrn sind unergründlich . . .«

»*Zu* unergründlich für mich«, sagte Benjamin frei heraus. »Wäre das nicht großartig, wenn wir unseren eigenen Dinosaurier hätten, hier in Green Town, Illinois? Die Knochen sind gut. Aber ein Richtiger, Echter, wär' das nicht ne Wucht?«

»Ich persönlich habe eine besondere Vorliebe für Monster«, gab Hochwürden zu.

»Glauben Sie, daß Gott sie je wieder einführen wird?«

Das Gespräch führte, wie der Reverend bemerkte, geradewegs in den Sumpf. Er gedachte nicht darin zu versinken.

»Sicher weiß ich nur, daß, wenn du zur Hölle fährst, die Biester *dort* sind, oder Nachahmungen, und auf dich warten.«

Benjamin strahlte.

»Dann würde sich das Sterben ja fast *lohnen!*«

»Sohn!« empörte sich der Reverend.

Aber der Junge war schon davongesaust.

Benjamin rannte nach Hause, um seinen Magen zu füllen und seine Augen zu füttern. Er verstreute ein Dutzend aufgeklappter Bücher auf dem Boden und lachte fröhlich vor sich hin.

Da waren sie, die Ungeheuer aller Zeitalter der Bibel und die Ungeheuer der Tiefen. Das Wort klang schön. Der Junge ging von zwei Uhr Sonntag mittag, bis vier Uhr Sonntag nachmittag herum und lies es sich auf der Zun-

ge zergehen. Tiefen. Tiefen. Hole tief Luft. Laß sie ausströmen: Tiefen.

Und Brontosaurus brachte Pteranodon hervor und Pteranodon brachte Tyrannosaurus hervor und Tyrannosaurus zeugte den großen Mitternachtsdrachen – Pterodactylus! und so weiter und so weiter und so fort.

Und als er die Seiten der großen, dicken Familienbibel umblätterte, tauchten die Seeungeheuer und Kreaturen der Vorzeit auf, und wenn man sich in die Hölle begab und sich dort einrichtete, nun, dann war da Dante und wies auf diesen Schrecken und jene Ausgeburt der Finsternis hin, auf diese Schlange und jene sich windende Natter, allesamt die leiblichen Tanten und grauenvollen Onkel der vergangenen Zeiten, und seltsamen Blutes und sonderbaren Fleisches. So etwas zu sehen: das ließ einem die Socken über die Knöchel kriechen und mit den Ohren schlackern! Ach, Vergessene der Erde, versucht zurückzukehren, ihr guten Tiere, die ihr einst zu Gottes Füßen lagt und verstoßen wurdet, weil ihr den Fußboden dreckig gemacht habt, ruft! Ach, mächtige Schoßtiere wabernden Dunstes und wallenden Nebels, eure Stimmen die Posaunen der Zeit, die die Tore aufbrechen und dem Grauen Einlaß gewähren, ruft! Schreit! Stöhnt aus den – Tiefen.

Seine Lippen bewegten sich, während er schlief und die späte Nachmittagssonne Schatten über sein Bett wandern ließ. Zucken. Gemurmel. Geflüster ...

Tiefen.

Am nächsten Morgen wurde Rex, das gute alte Tier, von Benjamin umgetauft. Von nun an wurde er schlicht und einfach »Hund« gerufen.

Etwa drei Tage später schlich »Hund« wimmernd, zitternd aus dem Haus und verschwand.

»Wo ist der Hund?« fragte Großvater, suchte im Keller, auf dem Speicher (Was sollte ein Hund auf dem Speicher? Da gab es nichts aufzustöbern) und im Vorgarten. »Hund!« rief er. »Hund?« fragte er laut in den frischen Wind hinein, der anstelle seines Lieblingstieres über den Rasen fegte. Und schließlich »Hund! Was machst du da?«

Denn der Hund war auf der anderen Straßenseite. Er lag inmitten eines Feldes von Klee und Kraut, einer leeren Parzelle, die nie jemand bebaut oder beansprucht hatte.

Nachdem er eine halbe Stunde vergeblich gelockt hatte, zündete sich Großvater seine Pfeife an und schlenderte hinüber. Er stand über »Hund« und sah auf ihn herab. »Hund« sah ihn an, Furcht und Sorge im Blick.

»Was machst du hier, Junge?«

Der Hund, stumm wie er war, konnte nicht antworten, aber er klopfte mit dem Schwanz auf den Boden, ließ die Ohren hängen und winselte. Die Welt war verhext, das stand für ihn fest, und er würde nicht nach Hause gehen.

Als er, »Hund« hinter sich im Gras zurücklassend, die Straße wieder überquerte, erspähte Großvater auf der Veranda so etwas wie die Gallionsfigur eines alten Segelschiffes. Es war natürlich Großmutter, die, eine kleine Schaufel in der Hand, gegen den Mittagswind ankämpfte. Sie fuchtelte mit dem Schippchen in »Hunds« Richtung.

»Du hast ihm hoffentlich nichts zu essen gebracht?«

»Himmel, nein«, sagte Großvater und drehte

sich nach dem Hund um, der sich jetzt bebend durch den Klee davonstahl.

»Warum?«

»Er war am Eisschrank.«

»Wie sollte ein Hund das anstellen?«

»Das hat mir der Herr nicht verraten, aber überall liegt Essen auf dem Boden. Hamburger, die ich für heute aufbewahrt hatte, weg. Und überall diese Schweinerei aus Hamburgerresten und Knochen.«

»Hund würde das nicht tun. Laß mal sehen.«

Großmutter schenkte dem Hund einen letzten, verächtlichen, herben Wink mit ihrer Schaufel, und der wich auch prompt noch zehn Meter zurück. Dann zog sie ab, eine Ein-Mann-Parade, ging durch das Haus und wies mit dem Schippchen auf den Boden, der in der Tat ein Puzzelspiel verstreuter Nahrungsreste war.

»Willst du behaupten, dieses Geschöpf wüßte, wie man den Eisschrank-Hebel betätigt? Das ist doch Unsinn.«

»Du glaubst, daß es irgendein schlafwandelnder Pensionsgast war?«

Großvater ging in die Hocke und begann,

die Brocken aufzuklauben. »Sind durchgekaut, tatsächlich. Kein anderer Hund hier, soweit ich weiß. Also sowas, sowas.«

»Du solltest ein ernstes Wort mit ihm reden. Sag ihm, noch ein Vorfall dieser Art, und es gibt am Sonntag Hund in Reisrand. Aus dem Weg, ich hab' den Mob geholt.«

Der Mob setzte auf dem Boden auf, und Großvater brachte, im Rückzug begriffen, noch den einen oder anderen sanften Fluch an. Dann ging er zurück auf die Veranda. »Hund!« rief er. »Wir beide haben eine Menge zu bereden!«

Aber »Hund« hatte sich hingelegt.

Die Zahl der Katastrophen, die auf den Zusammenbruch hinführten, wuchs. Es schien, als ob die vier Apokalyptischen Reiter über die Dächer galoppierten und die Äpfel an den Bäumen verfaulen ließen. Großvater argwöhnte, daß er irgendwie einem Voodoo-Zauber zum Opfer gefallen sei, dessen Endergebnisse Bettnässen, zuknallende Türen, zusammengefallene Kuchen und Druckfehler sein mochten.

Tatsache war nämlich folgendes: Der Hund

kam zu einem Besuch über die Straße, aber, kaum zurück, verschwand er auch schon wieder, mit gesträubtem Fell und die Augen vor Besorgnis derart aufgerissen, daß das Weiße in den Augenwinkeln sichtbar wurde. Mit ihm ging Mr. Wyneski, ein treuer Gast und der beste Friseur der Stadt. Mr. Wyneski gab zu verstehen, daß es ihm bis hier stünde, bis zum Hals, daß Benjamin seine Zähne in den Tisch grub.

Warum, merkte er außerdem an, brachte Großvater nicht den Zahnarzt dazu, diese Dreschmaschinen-Hauer zu entfernen, oder warum vermietete er den Jungen nicht an eine Weizenmühle, damit der seinen Lebensunterhalt durch Mehlmahlen verdienen könnte!

Alles in allem ließ sich Mr. Wyneski nicht besänftigen. Er verließ die Pension früh, blieb bis spät in seinem Friseursalon, kam gelegentlich zum Mittagsschläfchen, machte aber auf dem Absatz kehrt, sobald er sah, daß »Hund« noch immer auf der Wiese lag.

Schlimmer noch: Die Gäste schienen nichts anderes mehr im Sinn zu haben, als sich ununterbrochen zu beschweren. Vierzig mal in der Minute kamen sie an, anstatt, wie in den guten alten Zeiten noch des letzten Monats, alle zwanzig Sekunden.

Diese Beschwerden, und der Anblick der Katze, wenn sie vom Dach kam, wurden Mr. Wyneskis Barometer. Wenn er sie sah, sprang er kurz hinein, um ein paar von Großmutters schmerzlich vermißten Mittagstee-Küchlein zu erhaschen.

Oh, was die Katze angeht: Zur gleichen Zeit, da »Hund« anfing, seinen zerzausten Pelz mit Klee zu schmücken, begann die Katze, sich regelmäßig zum Dach hinaufzukrallen, wo sie nachts miauend herumjagte, und eine große Hieroglyphe auf die Dachpappe ritzt, die Großvater jeden Morgen zu entziffern versuchte.

Mr. Wyneski erbot sich sogar, eine Leiter aufzustellen und die Katze herunterzuholen, damit er nachts schlafen konnte. Kaum war das vollbracht, raste die Katze, aus Furcht vor irgendeiner unsichtbaren Kraft, geradewegs zurück nach oben, schrieb dabei neue Hieroglyphen ins Dach. Dann zuckte sie wieder bei jeder Bewegung, sei es nun ein fallendes Blatt oder ein Luftzug, zusammen, wie Benjamin von seinem Fenster aus beobachtete ...

Großvater entschloß sich schließlich, Milch und Thunfisch in die Regenrinne zu setzen, wo die Katze einmal täglich zum Fressen hinunterschlotterte – und dann, so schnell es ihr Zustand erlaubte, zurückwetzte.

Gleichzeitig mit der Flucht des Friseurs in seinen Laden, des Hundes aufs Brachland, der Katze aufs Dach, begann Großvater unten in seinem Druckpalast, die Lettern falsch zu setzen. Einige der Druckfehler waren Worte, die er Kesselmacher und Gleisarbeiter oft hatte ausstoßen hören, die ihm selbst aber nie über die Lippen gekommen waren.

Eines Tages, als er aus höchste Vergütung höllische Verdammnis gemacht hatte, riß er sich den grünen Zelluloid-Schirm vom Kopf, zerknüllte seine farbbefleckte Schürze und kam früh nach Hause, zu einem Glas Löwenzahnwein – sowohl vor als auch nach dem Abendessen.

»Das ist eindeutig eine Krise.«

»Was?« fragte Großmutter, die, mit Verspätung, zur Tür hereinkam.

Großvater hatte nicht bemerkt, daß er laut geredet und damit seine geheimen Gedanken offenbart hatte. Er überspielte seinen Lapsus, indem er noch mehr Löwenzahnwein herunterspülte.

»Nichts, nichts.«

Aber da war doch etwas. Lauschend innehaltend, glaubte er, dort oben die Quelle der Apokalypse zu hören:

Benjamin zerbiß die Stille, zermahlte den Sommer. Alles mit seinen Zähnen. Sie wurden schärfer ...

Dies war die letzte Nacht. Sie mußte es sein, andernfalls würde sich die Katze am nächsten Tag vom Dach stürzen, der Hund würde im Gras verfaulen und die Gäste wären reif für die Klapsmühle – im Klartext gesprochen.

Großvater erwachte aus einem nervösen Dämmerschlaf und saß kerzengrade im Bett. Er hatte etwas *gehört* – diesmal *wirklich* gehört. Es war ein Geräusch aus einem alten Film, aber er konnte sich nicht an das wo oder was erinnern und hatte auch das wann vergessen.

Aber es kitzelte den Flaum in seinen Ohren und ließ ihm die Nackenhaare zu Berge stehen und das Fleisch um seine Fußknöchel zucken, als ob dort plötzlich Haare wüchsen.

Er sah seine Zehen an der Fußkante des Bettes, wie sie als kleine Mäuse in die schreckliche Nacht hinauslugten, und zog die Füße ein.

Er hörte die Katze hysterisch auf dem hohen Dach herumtanzen. Der Hund, weit weg, drüben auf der leeren Parzelle, heulte den Mond an, aber der Mond schien gar nicht!

Großvater hielt die Luft an und lauschte. Aber weiter war da kein Laut, kein Echo, kein Widerhall von der Mauer des Gerichtsgebäudes.

Er drehte sich um und war dabei, in den Teer Milliarden Jahre langen Schlummers zurückzusinken, als er dachte: Merkwürdig. Halt! Warum Teer? Warum Milliarden Jahre? Warum Schlummer?!

Das ließ Großvater hochschnellen, brachte ihn aus dem Bett, in den Keller. Unterwegs warf er sich einen Bademantel über, im Erdgeschoß wappnete er sich mit einem Schlückchen Löwenzahnwein, und wenn er schon dabei war, warum nicht gleich drei?

Als er in der Bibliothek seine Zecherei beendete, hörte er, ein letztes, leiseres Geräusch und stapfte schwerfällig zu Benjamins Zimmer hinauf.

Benjamin lag im Fieber, die Stirn schweißnaß, und glich niemandem so sehr wie einem Liebhaber, der gerade einen ausgiebigen Kontakt mit einer netten Lady von einer griechischen Vase hinter sich hat. Großvater kicherte. Komm schon, alter Mann, dachte er, er ist nur ein Junge ...

Er wandte sich ab und stolperte über den Haufen von Büchern, die auf dem Boden ausgebreitet waren oder, offen zur Einsicht, in den Regalen lagen.

»Also, Benjamin!« keuchte er. »Ich wußte nicht, daß du eine solche Menge hast, so viele! Himmel!«

Als Galerie, als Basrelief, als dichter Wandteppich lag, aufgeblättert und schmetterlinggleich, ein halbes Hundert Bücher herum, mit Dinosauriern, die Zähne fletschten, trotteten, den Urzeitnebel mit Prankenhieben zerfetzten.

Andere glitten mit pfeifenden Spannflügeln durch die windigen Lüfte oder tauchten mit ihren langen Schlangenhälsen aus dampfenden Sümpfen auf oder griffen in den Regenhimmel, während sie langsam versanken, in Grüften schwarzen Teeres verschwanden, verloren in den Milliarden Jahren, die den alten Mann wachgerufen hatten.

»Noch nie sowas geseh'n.« flüsterte er.

Und das hatte er tatsächlich noch nie.

Die Gesichter. Die Körper. Die großen, Zeichen eingravierenden Spinnenbeine, oder die fleischigen Beine, oder die Tanzbeine: Greift zu, findet eure Schuhe. Und die Klauen wahnwitziger Chirurgen, die schmackhaften Fleischsandwiches, Pasteten Hackbraten aus ihren Gefährten herausschnitten. Hier zerscharrte ein Triceratops mit seinen verdrehten Schuppenwedeln den Dschungelboden, niedergemacht und in die Vergessenheit gezerrt von Tyrannosaurus Rex. Dort steuerte ein gewaltiger Brontosaurus wie eine arrogante Titanic auf unvorhersehbare Zusammenstöße mit Fleisch, Zeit, Wettern und Eisbergen zu, die südwärts einer neuen Ära der Kälte entgegenstrebten. Hoch über allen die entfesselten Flugdrachen, die Kriegsflugzeuge, die Schreckgespenster: Pterodactylen, den Dunst zerschneidend, die Winde wie Pauken schlagend, sich öffnend und schließend wie häßliche Fächer, wie Bücher des Grauens, im ständig zerfleischten und so ständig verendenden, tiefroten Himmel.

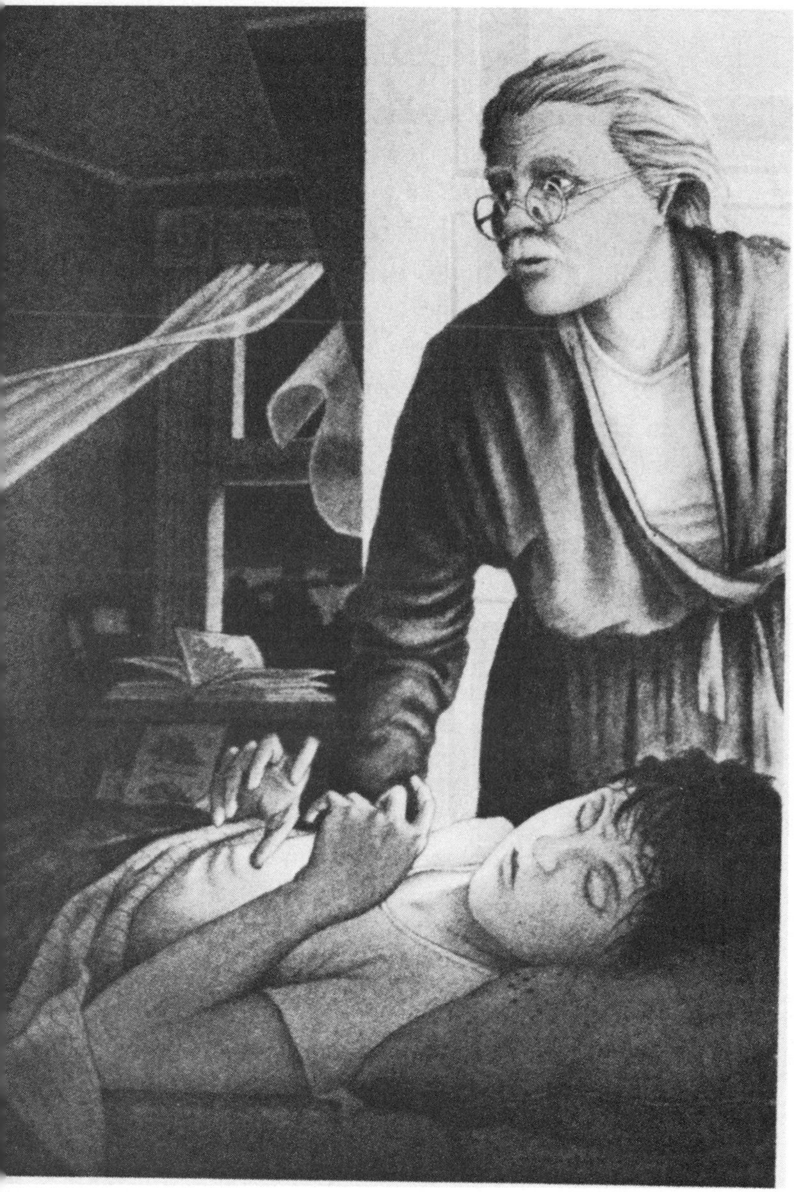

»So ...«

Großvater ging in die Hocke und klappte die Bücher zu, entschlossen, grimmig.

Er ging hinunter, um andere Bücher zu holen, *seine* Bücher. Er brachte sie hinauf, schlug sie auf und verteilte sie auf dem Boden, dem Bett und den Regalen.

Er stand einen Augenblick inmitten des Zimmers und hörte sich dann flüstern: »Was willst du werden, wenn du groß bist?«

Der Junge schien es irgendwie im fiebrigen Schlaf gehört zu haben. Sein Kopf grub sich in das Kissen. Eine Hand griff um sich, sie griff nach dem Traum.

»Ich ...«

Der alte Mann wartete.

»Ich werde ...« murmelte der Junge, »Ich werde ... *jetzt* ... groß.«

»Was?«

»Jetzt ... jetzt« flüsterte Benjamin.

Schatten huschten über seine Lippen, seine Wangen.

Großvater beugte sich vor und sah ihn an.

»Ach, Ben« sagte er heiser, »Du knirschst mit den Zähnen. Und ...«

Ein Rinnsal von Blut sickerte aus dem Winkel des fest verschlossenen Mundes. Ein glänzender Tropfen fiel und wurde vom Kissenbezug aufgesogen.

»Genug ist genug!«

Großvater setzte sich und legte Benjamins ruhelose Hand sanft, aber bestimmt in seine. Er beugte seinen Kopf vor und begann:

»Schlaf, Ben, schlaf. Schlaf, aber ... *hör mir zu!«* Benjamin warf seinen Kopf von einer Seite auf die andere, er wand sich, Schweiß floß von seinem Gesicht, aber – er hörte zu.

»Also«, sprach Großvater ruhig, »was du da vorhast, oder was ich glaube, das du vorhast, geht nicht. Ich bin mir nicht sicher, was es ist, und ich will es gar nicht wissen. Aber was auch immer: es muß aufhören.«

Er schwieg einen Augenblick, sammelte sich und fuhr fort: »Die Magazine werden geschlossen, die Bücher verschwinden wieder in der Bibliothek, das Hühnchen bleibt im Eisschrank, der Hund kommt zurück von drüben, die Katze kommt vom Dach, Mr. Wyneski kehrt an unseren Tisch zurück und die Gäste hören auf, mir Löwenzahnwein zu stehlen, um durch die Nächte sonderbarer, fremder Geräusche durchstehen zu können.

Jetzt hör' ganz genau zu. Kein Field Museum mehr, keine Knochen mehr, keine Schautafeln von alten, grinsenden Zähnen mehr, keine Schattenspiele mit großen Gespenstern aus grauer Vorzeit auf den Leinwänden der Kinos. Hier spricht dein Großvater und hilft dir und rät dir und sagt dir, daß er dich sehr lieb hat, aber er warnt dich sehr ernst und sagt dir ganz klar: *Nie mehr!*

Sonst wird dieses Haus zusammenbrechen. Das Dach wird durch die Schlafzimmer niederstürzen, durch das Eßzimmer, die Küche, in den Keller, wo es die Sommervorräte vernichten wird und Großmutter und mich und die Gäste auch.

Das können wir nicht zulassen, nicht wahr? Soll ich dir sagen, *was* gehen wird? Schau:

Während der Nacht, wenn ich gegangen bin, und wenn du aufstehst um zum Badezimmer zu gehen, dann siehst du, was ich auf dem Boden ausgelegt habe – hier überall, offen und wartend. Dort wirst du das Monster finden, *das* Ungeheuer, etwas, dessen Teil du werden kannst, etwas, das schreit und brüllt, das rast und Feuer frist und die Zeit verkürzt.

Eine andere Art von Ungeheuer? Ja, aber ein

großartiges und herrliches, in das du ganz sicher hineinwachsen, dich hineinversetzen kannst. Hör mir zu in deinem Schlaf, Ben, stöbere in der Nacht, bevor du wieder schlafen gehst, durch *diese* Bücher, diese Seiten und Bilder. Ja?«

Der alte Mann drehte sich um und sah auf die Bücher, die er mitgebracht und wie einen Bannzauber auf dem Schlafzimmerboden ausgebreitet hatte.

Zur Einsicht bereit lagen Bilder von feurigen Lokomotiven, die Flammen spien und Ruß auf das nächtliche Land herunterregnen ließen: große Tiere aus der Hölle. Und oben auf den dunklen Biestern trotzten die Lokomotivführer den Feuerwinden und lachten ihr fröhliches Lokomotivführerlachen.

»Hier ist eine Lokführermütze, Benjamin«, flüsterte Großvater. »Laß deinen Kopf, laß deine Gedanken, laß vor allem deine Träume hineinwachsen. Da gibt es genug Wildheit für jeden Jungen, und Abenteuer und Ruhm.«

Der alte Mann strich über die glänzenden Maschinen, beneidete sie um ihre Dampfkessel-Schönheit und stellte sich die urzeitlichen Laute vor, die sie ausstießen.

»Hörst du mich, Ben? *Hörst* du?«

Der Junge wälzte sich herum, der Junge stöhnte im Schlaf.

Großvater sagte: »Das kann ich nur hoffen, Junge.«

Die Schlafzimmertür schloß sich. Der alte Mann war gegangen. Das Haus schlief. In der Ferne schickte eine Lokomotive ihren Klagelaut in die Nacht. Benjamin warf sich ein letztes Mal auf die andere Seite, das Fieber verließ ihn. Der Schweiß verschwand von seiner glänzenden Stirn. Eine sanfte Brise wehte zum offenen Fenster hinein, blätterte die Seiten all der offenen Bücher um und enthüllte Eisentier nach Eisentier nach Eisen...

Am nächsten Morgen, am Sonntag, kam Benjamin zu spät zum Frühstück. Sein Schlaf war lang und fest und voll von Träumen, Gebeten und Wünschen gewesen, Signalarme hier, alte Knochen dort, Fleisch und Blut von etwas Verlorenem, Gestrigem; begrabene Vergangenheit, verheißungsvolle Zukunft.

Er kam langsam die Treppe hinunter und sah frischgewaschen und wie neugeboren aus.

Die wenigen Gäste, die noch bei Tisch saßen, standen auf, als sie ihn sahen, wischten sich den Mund ab, gingen und versuchten, die Überstürztheit ihres Aufbruches zu überspielen.

Großvater saß am Kopf des Tisches und gab vor, die Weltnachrichten auf der ersten Seite der Zeitung zu lesen, aber er spähte die ganze Zeit über den Rand. Er sah, wie Benjamin sich setzte, Messer und Gabel nahm und darauf wartete, daß Großmutter ihm einen Stapel in flüssiger Sonne getränkter Pfannkuchen servierte.

»Morgen, Benjamin«, sagte Großmutter und rauschte hinaus zu ihren Hausarbeiten.

Benjamin wartete mit geschlossenem Mund. Er schien über etwas nachzudenken, zu sinnen, zu grübeln, mit halb geschlossenen Augen.

»Benjamin«, sagte Großvater hinter seiner Zeitung, »guten Morgen.«

Benjamin sann immer noch über seinen geschlossenen, schweigenden Mund nach.

Die stille Tafel wartete.

Großvater beugte sich unwillkürlich vor. Er bemerkte, daß seine Beinmuskulatur verkrampft war. Wenn der Junge seinen Mund öffnen würde, wäre da ein schrecklicher, uralter Schrei, ein fürchterliches Kreischen, das die Geburt von Benjamins neuer Karriere ankündigte? Würde sein Lächeln ein Kamm von Dolchen sein, seine Zunge ein Feld voll Blut?

Großvater blickte zur Seite.

Der Hund, von der Wiese heimgekehrt, war gerade in die Küche getrottet, um ein Plätzchen zu verschlingen. Die Katze, wieder auf ebener Erde, schleckte die Sahne aus ihren Barthaaren und schmiegte sich an Großmutters rechtes Bein. Mr. Wyneski? Würde er gleich die Haustürstufen hinaufschlurfen?

»Ben«, fragte Großvater schließlich, »Außer einem Saurier – Was willst du werden, wenn du groß bist?«

Benjamin hob den Kopf, lächelte und zeigte schlichte, einfache, schöne kleine Maiskorn-Zähnchen. Seine alte, kleine, normale Zunge strich ruhig über seine Lippen. Er nahm eine gestreifte Eisenbahnerkappe aus dem Schoß und setzte sie auf. Sie war groß, aber sie stand ihm.

Am Rande des Morgens seufzte ein Zug über das Land. Benjamin lauschte, nickte, seufzte, probierte ein paar von dessen Lauten in seiner Kehle aus und sagte:

»Ich glaube, du weißt es, Großvater. Ich glaube, du weißt es.«

Und ohne noch einmal mit den Zähnen zu knirschen, verschlang er sein Frühstück. Großvater konnte sich nur anschließen. Hund und Katze sahen von der Tür her zu.

Großmutter, von all dem nicht berührt, schlurfte mit mehr Pfannkuchen herein, schlurfte hinaus, um mehr Sirup zu holen.

1982
wm
Stout

Ein Donnerschlag

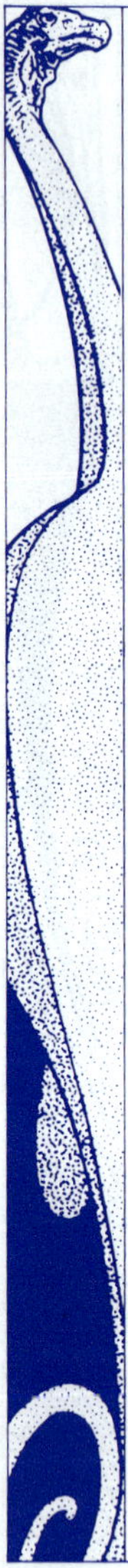

Das Plakat an der Wand schien unter einer dünnen Schicht darübergleitenden warmen Wassers zu zittern. Eckels spürte, wie seine Lider über den starr blickenden Augen blinzelten, und das Plakat leuchtete in dieser flüchtigen Dunkelheit nach:

Zeit-Safari GmbH
Safaris in jedes Jahr
der Vergangenheit
Sie benennen das Tier
Wir bringen Sie hin
Sie erlegen es

Warmer Schleim sammelte sich in Eckels Kehle; er schluckte ihn hinunter. Die Muskeln um seinen Mund formten ein Lächeln, als er langsam seine Hand hob und mit einem Zehntausenddollar-Scheck zu dem Mann hinter dem Schreibtisch hinüberwinkte.

Zeit-Safari GmbH
Safaris in jedes Jahr der Vergangenheit
Sie benennen das Tier.
Wir bringen Sie hin. Sie erlegen es.
Wm Stout-1982

»Ist bei dieser Safari die Garantie eingeschlossen, daß ich lebend zurückkomme?«

»Wir garantieren nichts«, sagte der Firmensprecher, »nur die Saurier.« Er drehte sich um. »Das hier ist Mister Travis, Ihr Safari-Führer in die Vergangenheit. Er wird Ihnen sagen, was und wohin Sie schießen sollen. Wenn er sagt, es wird nicht geschossen, wird nicht geschossen. Bei Mißachtung der Vorschriften gibt es eine Strafgebühr von weiteren zehntausend Dollar, außerdem ist nach Ihrer Rückkehr mit einer Reaktion der Regierung zu rechnen.«

Eckels blickte durch das weiträumige Büro auf ein Gewirr verschlungener, summender Drähte und Stahlkästen, auf eine Aura, die bald orangefarben, bald silbern oder blau aufflackerte. Da war ein Geräusch wie von einem gigantischen Scheiterhaufen, der alle Zeit verbrannte, alle Jahre und alle pergamentenen Kalender, als hätte man alle Stunden hoch aufgestapelt und angezündet.

Eine Handbewegung, und dieser Verbrennungsprozeß würde sich augenblicklich in schönster Weise umkehren. Eckels erinnerte sich bis zum letzten Buchstaben an die Formulierungen der Werbetexte. Aus verbrannten

Knochen und Asche, aus Staub und Kohle konnten wie goldene Salamander die alten Jahre, die grünen Jahre hervorspringen; Rosen konnten die Luft versüßen, weißes Haar sich pechschwarz färben, Falten verschwinden; alles und jedes konnte sich wieder in Samen zurückverwandeln, den Tod fliehen, zu den Anfängen zurückkehren, Sonnen konnten an westlichen Himmeln aufgehen und an herrlich leuchtenden östlichen Horizonten untergehen, Monde sich entgegen ihrer Gewohnheit verschlingen, alles und jedes konnte sich ineinanderfügen wie chinesische Schachteln, Kaninchen in Hüte, alles und jedes kehrte zum neuen Tod, zum Samentod, zum grünen Tod, zur Zeit vor dem Anfang zurück. Eine Handbewegung konnte das alles vollbringen, eine bloße Handbewegung.

»Hölle und Verdammnis«, hauchte Eckels, das Licht der Maschine betonte seine hageren Züge.

»Eine richtige Zeitmaschine.« Er schüttelte den Kopf. »Das bringt einen auf Gedanken. Wenn die Wahlen gestern schlecht ausgegangen wären, könnte ich hier vor den Ergebnissen davonlaufen. Gott sei Dank hat Keith gewonnen.

gewonnen. Der wird einen guten Präsidenten der Vereinigten Staaten abgeben.«

»Ja«, sagte der Mann hinter dem Schreibtisch. »Wir haben Glück gehabt. Hätte Deutscher gewonnen, so drohte uns die schlimmste Diktatur. Der ist so ein richtiger Anti-alles, ein Militarist, anti-christlich, anti-human und anti-intellektuell. Uns haben Leute angerufen, halb im Scherz, halb im Ernst, verstehen Sie. Sie sagten, wenn Deutscher Präsident würde, dann wollten sie im Jahre 1492 leben. Es ist natürlich nicht unser Geschäft, Fluchten zu arrangieren,sondern Safaris zu organisieren. Nun ja, jedenfalls ist jetzt Keith Präsident. Das einzige, worum Sie sich kümmern müssen, ist . . .«

»Meinen Dinosaurier zu schießen«, beendete Eckels den Satz für ihn.

»Einen *Tyrannosaurus Rex.* Das verdammteste Monster der Geschichte. Unterzeichnen Sie diese Verzichtserklärung. Falls Ihnen was zustößt, sind wir nicht verantwortlich. Diese Dinosaurier sind hungrig!«

Eckels errötete vor Ärger. »Sie wollen mir angst machen!«

»Offen gestanden, ja. Wir wollen nicht, daß jemand mitfährt, der beim ersten Schuß die

Nerven verliert. Im letzten Jahr wurden sechs Safari-Führer und ein Dutzend Jäger getötet. Wir sind bereit, Ihnen das erregendste Erlebnis zu verschaffen, das sich ein *echter* Jäger überhaupt wünschen kann. Wir befördern Sie sechzig Millionen Jahre zurück, um das größte Wild aller Zeiten zu erlegen. Ihr Scheck liegt noch hier. Zerreißen Sie ihn.«

Mr. Eckels sah den Scheck lange an. In seinen Fingern zuckte es.

»Viel Glück«, sagte der Mann hinter dem Schreibtisch. »Mister Travis, er gehört jetzt Ihnen.«

Schweigend nahmen sie ihre Gewehre und gingen durch den Raum auf die Maschine zu, auf das silberne Metall und das dröhnende Licht.

Erst ein Tag und dann eine Nacht und wieder ein Tag und eine Nacht, und es war Tag-Nacht-Tag-Nacht-Tag. Eine Woche, ein Monat, ein Jahr, ein Jahrzehnt! Das Jahr 2055. Das Jahr 2019. 1999! 1957! Und schon vorbei! Die Maschine dröhnte.

Sie setzten ihre Sauerstoffhelme auf und testeten die Sprechfunkgeräte.

Wm Stout · 1982

Eckels schwankte auf dem Sitz hin und her, das Gesicht bleich, die Kiefer verkrampft. Er spürte das Zittern in seinen Armen, senkte den Blick und bemerkte, daß seine Hände das neue Gewehr fest umklammerten. Außer ihm waren noch vier andere Männer in der Maschine. Travis, der Safari-Führer, sein Assistent Lesperance und zwei weitere Jäger, Billings und Kramer. Sie saßen da und sahen einander an, und die Jahre flackerten an ihnen vorüber.

»Kann man mit diesem Gewehr einen Dinosaurier kaltmachen?« hörte Eckels sich sagen.

»Wenn Sie richtig treffen«, antwortete Travis über den Helmfunk. »Manche Saurier haben zwei Hirne, eines im Kopf, das andere weiter unten in der Wirbelsäule. Die meiden wir. Das hieße das Glück überstrapazieren. Feuern Sie die zwei ersten Schüsse auf die Augen, wenn Sie können, machen Sie sie blind, und dann zielen Sie auf das Hirn.«

Die Maschine heulte. Die Zeit war ein rückwärtslaufender Film. Sonnen flohen und zehn Millionen Monde flohen hinter ihnen her. »Mein Gott«, sagte Eckels, »jeder Jäger, den es je gegeben hat, würde uns heute beneiden. So kommt Afrika einem vor wie Illinois.«

Die Maschine verlangsamte; ihr Schrei sank zu einem Gemurmel herab. Die Maschine stoppte.

Die Sonne stoppte am Himmel.

Der Nebel, der die Maschine eingehüllt hatte, löste sich auf, und sie befanden sich in alter Zeit, in wahrlich sehr alter Zeit, drei Jäger und zwei Safari-Führer mit ihren blauen Metallgewehren auf den Knien.

»Christus ist noch nicht geboren«, sagte Travis. »Moses ist noch nicht auf den Berg gestiegen, um mit Gott zu sprechen, die Pyramiden liegen noch in der Erde und warten darauf, herausgeschnitten und aufgerichtet zu werden. *Denken* Sie daran. Alexander, Cäsar, Napoleon, Hitler ... noch hat keiner von ihnen gelebt.«

Die Männer nickten.

»Dies«, Mr. Travis deutete aus der Maschine, »ist der Dschungel sechzig Millionen und zweitausendfünfundfünfzig Jahre vor Präsident Keith.«

Er wies auf einen Metallpfad, der sich in grüne Wildnis erstreckte, über dampfenden Sumpf, zwischen Riesenfarnen und Palmen.

»Und dies«, fuhr er fort, ist der ›Pfad‹, den

die Zeit-Safari für Sie angelegt hat. Er schwebt fünfzehn Zentimeter über der Erde. Er berührt weder einen Grashalm noch eine Blume oder einen Baum. Er besteht aus Anti-Gravitations-Metall. Sein Zweck ist, zu verhindern, daß Sie mit dieser Welt der Vergangenheit irgendwie in Berührung kommen. Bleiben Sie auf dem ›Pfad‹. Weichen Sie nicht von ihm ab. Ich wiederhole. *Weichen Sie nicht von ihm ab.* Auf *keinen* Fall. Das ist strafbar. Und schießen Sie kein Tier, das wir nicht ausdrücklich freigeben.«

»Warum?« fragte Eckels.

Sie saßen in der uralten Wildnis. Ferne Rufe, der Geruch von Teer und einem alten Salzmeer, von feuchtem Gras und blutroten Blumen wurde vom Wind herübergetragen.

»Wir wollen nicht, daß die Zukunft verändert wird. Wir gehören nicht hierher, in die Vergangenheit. Die Regierung *mißbilligt*, daß wir hier sind. Wir müssen hohe Bestechungsgelder zahlen, um unsere Lizenz nicht zu verlieren. Eine Zeitmaschine ist eine verdammt heikle Sache. Ohne es zu wissen, könnten wir ein wichtiges Tier, einen kleinen Vogel, eine Küchenschabe oder auch nur eine Blume töten und so ein unentbehrliches Glied in der Entwicklung einer Gattung zerstören.«

»Das verstehe ich nicht ganz«, sagte Eckels.

»Also gut«, fuhr Travis fort, »sagen wir mal, wir töten hier versehentlich eine Maus. Das bedeutet, daß alle zukünftigen Familien dieser einen Maus vernichtet werden, richtig?«

»Richtig.«

»Und alle Familien von den Familien der Familien dieser einen Maus! Mit einem Fußtritt vernichten Sie erst eine, dann ein Dutzend, dann tausend, eine Million, eine *Milliarde* potentieller Mäuse!«

»Na schön, die sind tot«, sagte Eckels. »Und was dann?«

»Was dann?« schnaubte Travis. »Was wird dann aus den Füchsen, die diese Maus zum Leben brauchen? Zehn Mäuse weniger, und der Fuchs stirbt. Zehn Füchse weniger, und ein Löwe verhungert. Ein Löwe weniger, und allen möglichen Insekten, Geiern, unzähligen Milliarden von Lebensformen droht Not und Vernichtung. Am Ende läuft es darauf hinaus: neunundfünfzig Millionen Jahre später macht ein Höhlenmensch, einer von dem Dutzend, die es auf der *ganzen Welt* gibt, Jagd auf Wildschweine oder Säbelzahntiger, um sich Nahrung zu verschaffen. Aber Sie, mein Freund, haben alle Tiger der Gegend *ausgelöscht*, indem Sie eine *einzige* Maus ausgelöscht haben. Also verhungert der Höhlenmensch. Und der Höhlenmensch, bitte beachten Sie das, ist nicht *irgendein* austauschbarer Mensch, nein! Er ist eine *ganze zukünftige Nation.* Aus seinen Lenden wären zehn Söhne hervorgegangen. Aus *deren* Lenden hundert Söhne und so weiter, bis zu einer Zivilisation. Zerstören Sie diesen einen Mann, und Sie zerstören eine ganze Rasse, ein Volk, eine ganze Geschichte des Lebens. Es ist etwa so, als erschlüge man einen von Adams Enkeln. Ihr Fußtritt auf eine Maus könnte ein Erdbeben auslösen, dessen Wirkungen unsere Erde und die Schicksale im Laufe der ganzen Zeit bis in ihre Grundfesten erschüttern würde. Mit dem Tod dieses einen Höhlenmenschen werden eine Milliarde Ungeborener im Mutterleib erdrosselt. Vielleicht erhebt sich Rom niemals auf seinen sieben Hügeln. Vielleicht bleibt Europa auf immer ein finsterer Wald, und nur Asien wächst gesund und fruchtbar heran. Treten Sie auf eine Maus, und Sie zermalmen die Pyramiden. Treten Sie auf eine Maus und hinterlassen eine Spur wie einen Grand Canyon in der Ewigkeit. Möglicherweise wird Königin Elisabeth nie geboren, Washington überschreitet nicht den Delaware, und vielleicht wird es die Vereinigten Staaten niemals geben. Also seien Sie vorsichtig. Bleiben Sie auf dem ›Pfad‹. Verlassen Sie ihn *nie!*«

»Ich verstehe«, sagte Eckels. »Dann würde es sich also auch nicht empfehlen, auch nur einen *Grashalm* anzurühren!«

»Genau. Das Zerquetschen gewisser Pflanzen könnte sich unendlich hochsteigern. Ein kleiner Fehler hier würde sich innerhalb von sechzig Millionen Jahren in unvorstellbarem Ausmaß vervielfachen. Vielleicht ist unsere Theorie aber auch falsch. Vielleicht können wir die Zeit gar nicht verändern. Oder nur nach und nach und unmerklich. Eine tote Maus hier bewirkt einen Insektenüberschuß dort, eine Störung in der Bevölkerungsproportion später, noch weiter fort eine schlechte Ernte, eine Wirtschaftskrise, hungernde Massen, und schließlich eine Veränderung im Sozialcharakter der Menschen in fernen Ländern. So etwa – ein weit subtilerer Vorgang. Vielleicht nur ein leiser Atemzug, ein Flüstern, ein Haar, Pollen

Wm Stout '82

in der Luft, eine ganz leichte Veränderung, die man gar nicht bemerken würde, wenn man nicht hinsähe. Wer weiß? Wer kann wirklich behaupten, daß er es wüßte? Wir wissen es nicht. Wir vermuten es nur. Aber bevor wir nicht *genau* wissen, ob wir ein Getöse oder ein kleines Rascheln in der Geschichte hervorrufen, indem wir so in der Zeit herumkrebsen, sind wir verdammt vorsichtig. Diese Maschine, dieser Pfad, Ihre Kleidung und Ihre Körper wurden, wie Sie wissen, vor der Reise sterilisiert. Wir benutzen diese Sauerstoffhelme, damit wir unsere Bakterien nicht in eine uralte Atmosphäre hineintragen.«

»Woher wissen wir denn, welches Tier wir schießen dürfen!«

»Die Tiere sind mit roter Farbe markiert«, sagte Travis. »Heute, vor unserer Reise, haben wir Lesperance mit der Maschine hergeschickt. Er kam hierher und verfolgte bestimmte Tiere.«

»Er beobachtete sie?«

»Ja«, sagte Lesperance. »Ich verfolge sie durch ihr ganzes Leben und notiere mir, welches am längsten lebt. Sehr wenige. Und wie oft sie sich paaren. Nicht oft. Das Leben ist kurz. Wenn ich eines finde, das sterben wird, weil ein Baum herabstürzt, oder eines, das in einer Teergrube ertrinkt, notiere ich mir genau Stunde, Minute und Sekunde des Todes. Ich schieße eine Farbbombe ab. Sie hinterläßt einen roten Fleck auf seiner Seite. Wir können es nicht übersehen. Dann richte ich unsere Ankunft in der Vergangenheit so ein, daß wir das Ungeheuer nur zwei Minuten vor der Zeit begegnen, in der es sowieso gestorben wäre. Auf diese Weise töten wir nur Tiere ohne Zukunft, Tiere die sich nicht mehr paaren wrden. Sehen Sie, wie *vorsichtig* wir sind?«

»Aber wenn Sie heute morgen in die Zeit zurückgekehrt sind«, sagte Eckels aufgeregt, »dann müssen Sie doch auch auf uns gestoßen sein, auf unsere Safari: Wie ging sie denn aus? War sie erfolgreich? Sind wir alle – lebendig wiedergekommen?«

Travis und Lesperance wechselten einen Blick.

»Das wäre ein Paradoxon«, sagte Lesperance. »Die Zeit erlaubt ein derartiges Durcheinander nicht – daß ein Mensch sich selbst begegnet. Wenn so ein Ereignis zu geschehen droht, weicht die Zeit aus, wie ein Flugzeug, das in ein Luftloch gerät. Haben Sie bemerkt, daß der Apparat vorwärtsschnellte, kurz bevor wir anhielten? Das waren wir, wir fuhren auf dem Rückweg in die Zukunft an uns selbst vorbei. Wir haben nichts gesehen. Niemand kann sagen, *ob* diese Expedition erfolgreich ausging, *ob* wir das Ungeheuer erwischten und ob wir alle – das heißt, auch *Sie,* Mr. Eckels – lebendig herauskamen.«

Eckels lächelte blaß.

»Schluß jetzt«, sagte Travis scharf. »Alles aufstehen!« Sie waren bereit, die Maschine zu verlassen.

Der Dschungel war hoch und der Dschungel war weit und der Dschungel war die ganze Welt, in alle Ewigkeit. Geräusche wie Musik und Geräusche wie flatternde Zelte erfüllten den Himmel: Pterodactylen, mit grauen gewölbten Schwingen zogen dahin, riesige Fledermäuse, Visionen aus Delirium und nächtlichem Fieber. Eckels, der auf dem schmalen Pfad entlangbalancierte, zielte spielerisch auf sie.

»Lassen Sie das!« sagte Travis. »Zielen Sie nicht mal zum Spaß, verdammt! Wenn Ihr Gewehr losgeht . . .«

Eckels errötete. »Wo ist unser *Tyrannosaurus?«*

Lesperance sah auf seine Armbanduhr. »Vor uns. Wir werden seinen Weg in sechzig Sekunden kreuzen. Suchen Sie unbedingt nach der roten Farbe. Schießen Sie nicht, bis wir das Zeichen geben. Und bleiben Sie auf dem Pfad! *Bleiben Sie auf dem Pfad!«*

Sie gingen weiter in den Morgenwind hinein.

»Sonderbar«, murmelte Eckels. »Sechzig Millionen Jahre weiter, ist der Wahltag vorbei. Keith wurde zum Präsidenten gewählt. Alles feiert. Und hier sind wir; eine Million Jahre weniger, und all das existiert nicht. All das, worum wir uns monatelang, ein ganzes Leben lang Sorgen machten, ist nicht mal geboren, und niemand denkt auch nur daran.«

»Alle Mann entsichern!« befahl Travis. »Eckels, Sie schießen als erster. Billings, Zweiter. Kramer, Dritter.«

»Ich habe schon Tiger, Wildschweine, Büffel und Elefanten gejagt, aber das hier *ist* es«, sagte Eckels. »Ich zittere wie ein kleines Kind.«

»Ah«, sagte Travis.

Sie blieben stehen.

Wm Stout · 1982

Travis hob die Hand. »Vor uns«, flüsterte er. »Im Dunst. Da ist er. Da ist seine Königliche Hoheit.«

Der Dschungel war endlos und voll Gezwitscher, Geraschel, Gemurmel und Seufzen.

Plötzlich verstummte das alles, als hätte jemand eine Tür geschlossen.

Schweigen.

Ein Donnerschlag.

Aus dem Dunst, hundert Meter weiter vorn, tauchte der *Tyrannosaurus Rex* auf.

»Er ...«, flüsterte Eckels. »Er ...«

»Pst!«

Er kam auf großen, öligen, federnden, weit ausschreitenden Beinen. Er ragte zehn Meter über den meisten Bäumen empor, ein großer, böser Gott, der seine zarten Uhrmacherklauen dicht vor der öligen Reptilienbrust faltete. Jeder Unterschenkel war ein Kolben, tausend Pfund weißen Knochens, eingebettet in dicke Muskelstränge, von krustiger, schimmernder Haut umhüllt wie ein schrecklicher Krieger von seinem Kettenpanzer. Jeder Oberschenkel war eine Tonne Fleisch, Elfenbein und Stahlgeflecht. Und an dem kolossalen Atemkasten des Oberkörpers baumelten jene beiden zarten Arme, die Menschen wie Spielzeug aufheben und betasten konnten, während der schlangenartige Hals hin und her schwankte. Der Kopf eine Tonne gemeißelten Steins reckte sich mühelos zum Himmel. Das Maul stand offen und zeigte einen Zaun dolchähnlicher Zähne. Die rollenden Augen – wahre Straußeneier – zeigten nur eins: Hunger. Er schloß das Maul zu einem Todesgrinsen. Er rannte, und die Beckenknochen walzten Bäume und Büsche beiseite, die Füße krallten sich in die feuchte Erde und gruben, wo immer er sein Gewicht niederließ, fünfzehn Zentimeter tiefe Spuren. Er rannte mit gleitendem Ballettschritt, viel zu aufgerichtet und ausbalanciert für seine zehn Tonnen. Es trat vorsichtig auf eine sonnenbeschienene Fläche, und seine wunderschön reptilischen Hände tasteten die Luft ab.

»Mein Gott!« Eckels Mund zuckte. »Er könnte hinaufreichen und den Mond herunterholen.

»Pst!« Travis drehte sich ärgerlich um. »Er hat uns noch nicht gesehen.«

»So was kann man nicht töten.« Eckels sprach dieses Urteil so ruhig aus, als duldete er keinen Widerspruch. Er hatte das Gesehene sorgfältig erwogen und war zu dieser Ansicht gekommen. Das Gewehr in der Hand schien nur ein Spielzeug. »Es war dumm von uns, hierherzukommen. Das ist unmöglich.«

»Still!« zischte Travis.

»Ein Alptraum.«

»Kehren Sie um«, befahl Travis. »Gehen Sie langsam zur Maschine zurück. Wir zahlen Ihnen die Hälfte der Kosten zurück.«

»Ich ahnte nicht, daß er so *groß* sein würde«, sagte Eckels. »Ich habe mich einfach verrechnet. Und nun will ich aus der Sache heraus.«

»Er sieht uns!«

»Da ist die rote Farbe an seiner Brust!«

Die Donnerechse richtete sich auf. Ihr gepanzertes Fleisch glitzerte wie tausend grüne Münzen. Die Münzen, mit Schleim verkrustet, dampften. Im Schleim krabbelten winzige Insekten, so daß der ganze Körper zu zucken und sich zu winden schien, auch wenn das Ungeheuer sich nicht rührte.

Es atmete aus. Gestank von rohem Fleisch blies durch die Wildnis.

»Bringen Sie mich hier raus«, sagte Eckels. »So war's noch nie. Ich war immer sicher, daß ich mit dem Leben davonkommen würde. Ich hatte gute Führer, gute Safaris und Sicherheit.

Dieses Mal habe ich mich verrechnet. Diesem Tier bin ich nicht gewachsen. Ich gebe zu, es ist zu viel für mich, das schaffe ich nicht.«

»Laufen Sie nicht«, sagte Lesperance. »Drehen Sie sich um. Verstecken Sie sich in der Maschine.«

»Ja.« Eckels schien wie betäubt. Er blickte auf seine Füße, als versuchte er, sie zu bewegen. Er grunzte hilflos.

»Eckels!«

Er tat schlurfend ein paar Schritte.

»Nicht *da* lang!«

Bei der ersten Bewegung stürzte das Ungeheuer mit einem schrecklichen Schrei vorwärts. Es legte in vier Sekunden hundert Meter zurück. Die Gewehre zuckten hoch und gaben Feuer. Ein Windstoß aus dem Maul des Tieres hüllte sie in Gestank von Schleim und altem Blut. Das Ungeheuer brüllte, seine Zähne blinkten in der Sonne.

Eckels sah sich nicht um; er ging blinden Blicks bis zum Rand des Pfades, das Gewehr lose in der Hand, trat vom Pfad hinunter und schritt, ohne es zu wissen, in den Dschungel

Wm Stout '82

hinein. Seine Füße versanken im grünen Moos. Seine Beine trugen ihn fort, er fühlte sich allein und fern von den Geschehnissen hinter ihm.

Wieder krachten die Gewehre. Das Geräusch ging im Geschrei und Echsendonner unter. Der riesige Schweif des Reptils fuhr peitschend zur Seite. Bäume brachen in Wolken von Zweigen und Blättern zusammen. Das Ungeheuer streckte seine Juweliershände nach unten, um die Männer zu streicheln, um sie mittendurch zu knicken, wie Beeren zu zerdrücken und sie zwischen die Zähne in das brüllende Maul zu stopfen. Seine Felsblockaugen näherten sich den Männern, so daß sie sich darin spiegelten. Sie feuerten auf die metalligen Augenlider und die flammende schwarze Iris.

Wie ein steinernes Götzenbild, wie eine Berglawine stürzte der *Tyrannosaurus* um. Im donnernden Sturz klammerte er sich an Bäume und riß sie mit. Er verbog und zerriß den metallenen Pfad. Die Männer sprangen zurück und weg. Der Körper, zehn Tonnen kaltes Fleisch und Stein, prallte am Boden auf. Die Gewehre feuerten. Das Ungeheuer peitschte mit dem gepanzerten Schweif, zuckte mit den Schlangenkiefern und blieb still liegen. Eine

Blutfontäne schoß aus seiner Kehle. Irgendwo im Innern platzte ein Gefäß mit Flüssigkeit. Ekelerregende Ströme durchnäßten die Jäger. Sie standen rot und glitzernd da.

Der Donner verhallte.

Der Dschungel wurde still. Nach der Lawine ein grüner Frieden. Nach dem Alptraum der Morgen.

Billings und Kramer saßen auf dem Pfad und übergaben sich. Travis und Lesperance standen da mit rauchenden Gewehren und fluchten unaufhörlich.

In der Zeitmaschine lag Eckels zitternd auf seinem Gesicht. Er hatte den Weg zum Pfad zurückgefunden und war in die Maschine hinaufgeklettert.

Travis kam herein, blickte Eckels an, nahm etwas Baumwollgaze aus einem Metallkasten und kehrte zu den anderen, die auf dem ›Pfad‹ saßen, zurück.

»Machen Sie sich sauber.«

Sie wischten das Blut von ihren Helmen und begannen nun ebenfalls zu fluchen. Das Ungeheuer lag vor ihnen, ein Hügel festen Fleisches. Drinnen hörte man ein Zischen und Raunen, als auch seine entferntesten Kammern abstarben, die Organe aussetzten, Flüssigkeiten noch ein letztes Mal von einem Gefäß ins andere liefen, alles abschaltete, sich für immer verschloß.

Es war, als stünde man vor einer zerstörten Lokomotive oder einer Dampfschaufel zur Zeit des Arbeitsschlusses; alle Ventile wurden geöffnet oder fest zugeschraubt. Knochen knackten; das tonnenschwere Fleisch, außer Gleichgewicht geraten, nur noch tote Schwere, brach die zarten Vorderfüße unter sich. Das Fleisch legte sich, bebend.

Wieder krachte es. Ein gigantischer Ast brach von einem Baum und stürzte auf das tote Tier.

»Da.« Lesperance blickte auf seine Uhr. »Genau zur rechten Zeit. Das ist der Baum, der das Tier ursprünglich erschlagen sollte.«

Er blickte die beiden Jäger an. »Möchten Sie ein Bild von Ihrer Trophäe haben?«

»Was?«

»Wir dürfen keine Trophäen in die Zukunft mitnehmen. Das Tier muß hier liegenbleiben, wo es sowieso gestorben wäre, damit Insekten, Vögel und Bakterien herankommen, wie ursprünglich vorgesehen. Alles ist genau festgelegt. Der Leib bleibt hier. Aber wir können Sie neben ihm fotografieren.«

Die beiden Männer versuchten zu überlegen, gaben es aber auf und schüttelten die Köpfe.

Sie ließen sich dem Pfad entlangführen und sanken in der Maschine erschöpft in die Polster. Sie blickten sich nach dem vernichteten Ungeheuer um, diesem stagnierenden Haufen Fleisch, über dessen dampfende Rüstung sich bereits seltsame Reptilien-Vögel und goldene Insekten hermachten.

Ein Geräusch am Boden der Maschine ließ sie zusammenfahren.

Eckels saß zitternd da.

»Es tut mir leid«, sagte er schließlich.

»Stehen Sie auf!« schrie Travis.

Eckels stand auf.

»Gehen Sie allein auf den Pfad«, sagte Travis. Er richtete das Gewehr auf ihn. »Sie kommen nicht mit in die Maschine. Wir lassen Sie hier!«

Lesperance packte Travis am Arm. »Warten Sie ...«

»Halten Sie sich heraus!« Travis schüttelte die Hand des Jägers ab. »Dieser Schweinehund hat uns beinahe umgebracht. Aber das ist es gar

-Wm Stout · 1982-

nicht einmal. Verflixt, nein. Es sind seine *Schuhe!* Sehen Sie sich die an! Er ist vom Pfad heruntergelaufen. Wir sind ruiniert! Gott allein weiß, wieviel wir dabei verlieren! Zigtausend Dollar Versicherung! Wir bürgen dafür, daß niemand den Pfad verläßt. Er hat es dennoch getan. Oh, dieser verdammte Idiot! Ich muß es der Regierung melden. Vielleicht erklären sie unsere Reiselizenz für ungültig. Wer weiß, was er der Zeit, der Geschichte damit angetan hat!«

»Immer langsam, er hat ja nur ein bißchen Erde aufgeworfen.«

»Wie können wir das wissen?« schrie Travis. »Wir wissen nichts! Alles ein verdammtes Geheimnis! Raus mit Ihnen, Eckels.«

Eckels zupfte nervös an seinem Hemd. »Ich zahle Ihnen jeden Preis. Hunderttausend Dollar!«

Travis starrte auf Eckels' Scheckbuch und spuckte aus. »Gehen Sie. Das Ungeheuer liegt dicht neben dem Pfad. Stecken Sie ihm die Arme bis zum Ellbogen ins Maul. Dann können Sie mit uns zurückfahren.«

»Das ist doch Wahnsinn!«

»Das Ungeheuer ist tot, Sie feiges Schwein.

Die Projektile! Wir dürfen die Projektile nicht drin lassen. Sie gehören nicht in die Vergangenheit; sie könnten Veränderungen bewirken. Hier ist mein Messer. Schneiden Sie die Kugeln heraus!«

Der Dschungel wurde wieder lebendig und war voll von altem Gezitter und Vogelrufen. Eckels drehte sich langsam um und blickte auf den urzeitlichen Abfallhaufen, diesen Hügel des Alptraums und des Schreckens. Nach geraumer Zeit ging er wie ein Schlafwandler tastend auf dem Pfad voran.

Fünf Minuten später kehrte er schaudernd zurück; seine Arme waren bis zu den Ellbogen hinauf naß und blutrot. Er streckte die Hände aus; in jeder lagen ein paar Stahlkugeln. Dann fiel er um. Er lag, wo er hingefallen war, und rührte sich nicht.

»Dazu brauchten Sie ihn nicht zu zwingen«, sagte Lesperance.

»Nein? Das wissen wir noch nicht.« Travis stieß den unbeweglichen Körper an. »Er wird schon am Leben bleiben. Noch einmal geht er nicht mit auf die Jagd. Okay.« Er gab Lesperance müde ein Zeichen mit dem Daumen. »Schalten Sie ein. Wir fahren heim.«

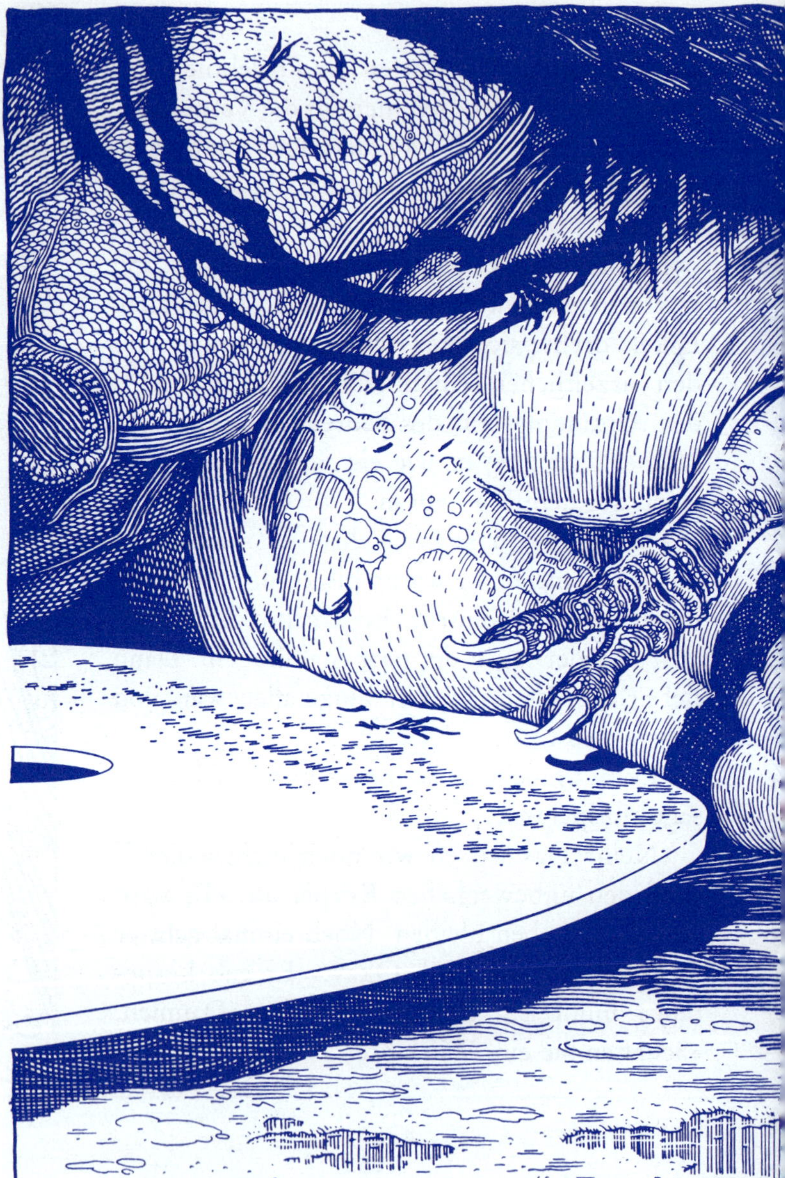

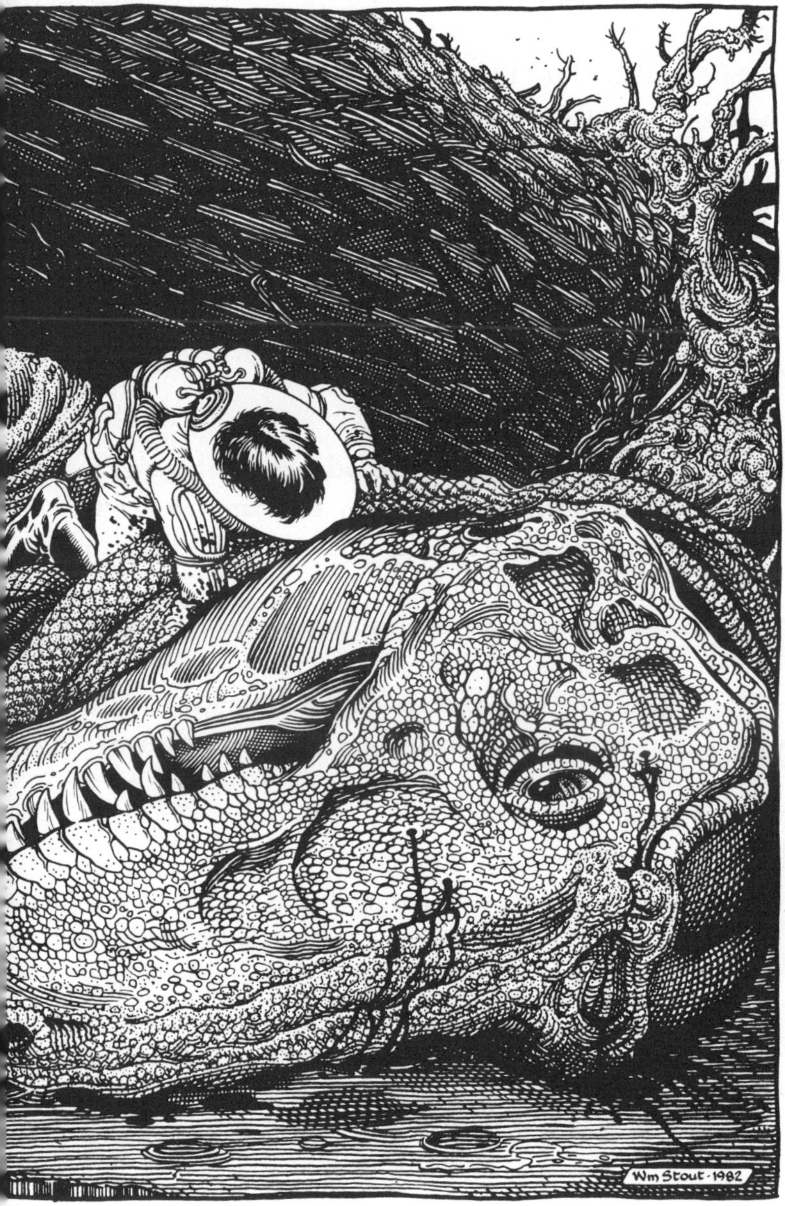
Wm Stout · 1982

1492. 1776. 1812.

Sie säuberten sich Hände und Füße. Sie zogen die klebrigen Hemden und Hosen aus. Ekkels war wieder bei sich, aber er sprach kein Wort.

Travis starrte ihn ganze zehn Minuten lang an.

»Sehen Sie mich nicht so an!« schrie Eckels. »Ich habe nichts getan!«

»Wer weiß?«

»Ich bin nur vom Pfad heruntergegangen, weiter nichts, ein bißchen Erde an den Schuhen, was erwarten Sie denn von mir – daß ich niederknie und bete?«

»Vielleicht würde uns das nützen. Ich warne Sie, Eckels, ich kann Sie immer noch umbringen. Ich halte das Gewehr im Anschlag.«

»Ich bin unschuldig. Ich habe nichts getan!«

1999. 2000. 2050

Die Maschine stoppte.

»Steigen Sie aus«, sagte Travis.

Der Raum war noch genauso und doch auch wieder nicht genauso, wie sie ihn verlassen hatten. Derselbe Mann saß hinter demselben Schreibtisch. Aber es war nicht ganz derselbe

WS
82

Mann, der hinter nicht ganz demselben Schreibtisch saß.

Travis blickte sich rasch um. »Alles in Ordnung hier?« fragte er.

»In bester Ordnung. Willkommen daheim!«

Travis war noch nicht beruhigt. Es schien, als betrachtete er sogar die Luftatome und den Sonnenschein, der durch das einzige hohe Fenster hereinfiel.

»Okay, Eckels, gehen Sie. Und kommen Sie nie wieder.«

Eckels war nicht imstande, sich zu rühren.

»Sie haben gehört, was ich sagte«, fuhr Travis fort. »Was starren Sie denn so an?«

Eckels sog prüfend die Luft ein, und es war etwas in der Luft, eine chemische Veränderung, so fein, so leicht, daß die Sinne nur unterhalb der Bewußtseinsschwelle anzeigten, daß sich etwas verändert hatte. Die Farben an der Wand, an den Möbeln, am Himmel hinter dem Fenster, weiß, grau, blau, orange, waren ... waren ... Und da war ein *Gefühl.* Sein Fleisch zuckte, seine Hände zuckten. Er nahm dieses Sonderbare durch die Poren seines Körpers in sich auf. Irgendwo mußte irgend jemand eine jener Pfeifen geblasen haben, die nur Hunde hören können. Sein Körper schrie Stille zurück. Hinter diesem Zimmer, hinter dieser Wand, hinter diesem Mann, der nicht mehr ganz derselbe war und an diesem Schreibtisch saß, der nicht ganz derselbe Schreibtisch war ... lag eine Welt von Straßen und Menschen. Was für eine Welt das jetzt war, konnte er nicht sagen. Er spürte beinahe, daß die Menschen sich hinter den Wänden bewegten wie Schachfiguren, die ein scharfer Wind davonfegt ...

Aber das Auffällige war das Plakat an der Bürowand, das er morgens gelesen hatte, als er hier eingetreten war.

Irgendwie hatte das Plakat sich verändert:

Zait-Sefary GmbH
Sefarys yn jedes Jaar deer Vergangenhait
Sy benenen das Tiir
Wiir bringen Sy hyn
Sy erlegen es

Eckels sank auf einen Stuhl. Er betastete wie ein Irrer den dicken Schlamm an seinen Stiefeln und hob zitternd einen Erdklumpen hoch. »Nein, das kann nicht sein. Nicht ein *kleines* Ding wie dieses. Nein!«

Im Schlamm eingebettet lag grün-, gold- und

schwarzglitzernd ein Schmetterling, sehr schön und sehr tot.

»Nicht ein kleines Ding wie dieses! Doch nicht ein Schmetterling!« schrie Eckels.

Es fiel herunter, ein erlesenes, ein kleines Ding, das alles aus dem Gleichgewicht bringen und eine Reihe kleiner, größerer und dann riesengroßer Dominosteine umstoßen konnte, über Jahre hin durch die Zeit. Eckels wurde schwindelig. So etwas *konnte* die Dinge nicht verändern. Es konnte doch nicht so ins Gewicht fallen, daß man einen Schmetterling getötet hatte! Oder?

Sein Gesicht war kalt. Er fragte mit bebenden Lippen: »Wer – wer hat gestern die Präsidentschaftswahlen gewonnen?«

Der Mann hinter dem Schreibtisch lachte. »Sie machen wohl Witze? Sie wissen es ganz genau. Deutscher natürlich! Wer sonst! Doch nicht dieser verdammte Schwächling Keith. Jetzt haben wir einen Mann aus Eisen, einen Mann, der Mumm hat. Gott sei Dank!« Der Beamte unterbrach sich. »Was ist denn los?«

Eckels stöhnte. Er fiel auf die Knie. Er strich mit zitternden Fingern über den goldenen Schmetterling. »Können wir ihn nicht wieder

zurückbringen?« fragte er in flehendem Ton die Welt, sich selbst, den Beamten und die Maschine. »Können wir ihn nicht wieder *lebendig* machen? Können wir nicht noch mal anfangen? Können wir ...«

Er rührte sich nicht. Er wartete mit geschlossenen Augen. Er hörte, wie Travis laut atmete; er hörte, wie Travis das Gewehr umdrehte, entsicherte und die Waffe hob.

Dann – ein Donnerschlag.

Sieh'
die drollig-drallen
Saurier!

Donnerkeil, ich muß wohl träumen?
Was tanzt *da* denn auf dem Strand?
Saurier die Küste säumen,
Rütteln, schütteln hier das Land.

Am belebten Strand von Brighton:
Allosaurus schwebt geschickt,
Schreck im Schlicke zu verbreiten
Schlapp-tapp vor und tapp zurück.

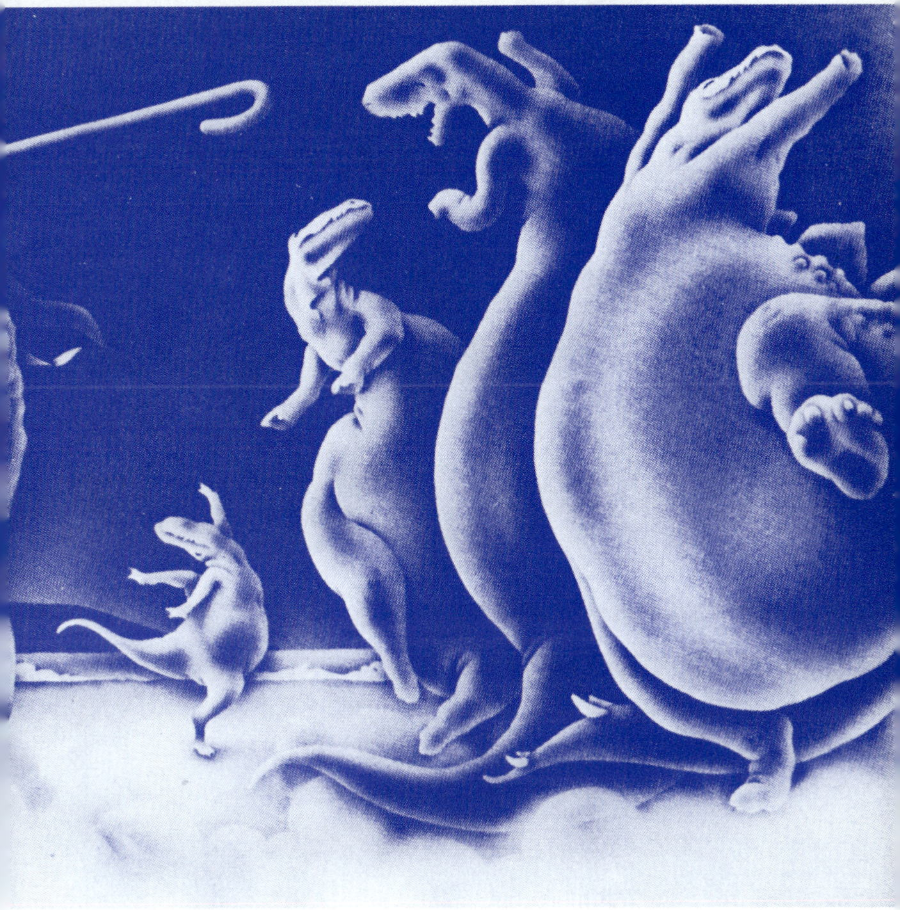

Das Mondlicht zieht sie an in Scharen.
Aus Teer erwacht die Schreckgestalt:
Mit Fleisch und Mark, mit Haut und – Haaren?
Tanzt Brontosaurus im Asphalt.

Weich im Kreosot gefangen,
Wo gefall'ne Weibchen schliefen,
Erwacht verlorenes Verlangen:
Genug geträumt von feuchten Tiefen!

Erwacht sind sie aus Kreide, Jura,
sumpfig-feuchtem Urzeitland.
Es übt Spagat ganz in natura
Fabrosaurus – elegant!

Sie tanzen klassisch Kapriolen
Vom Strand bis London-Innenstadt.
Sie balancieren über Molen.
Im Rumbatakt vibriert das Watt.

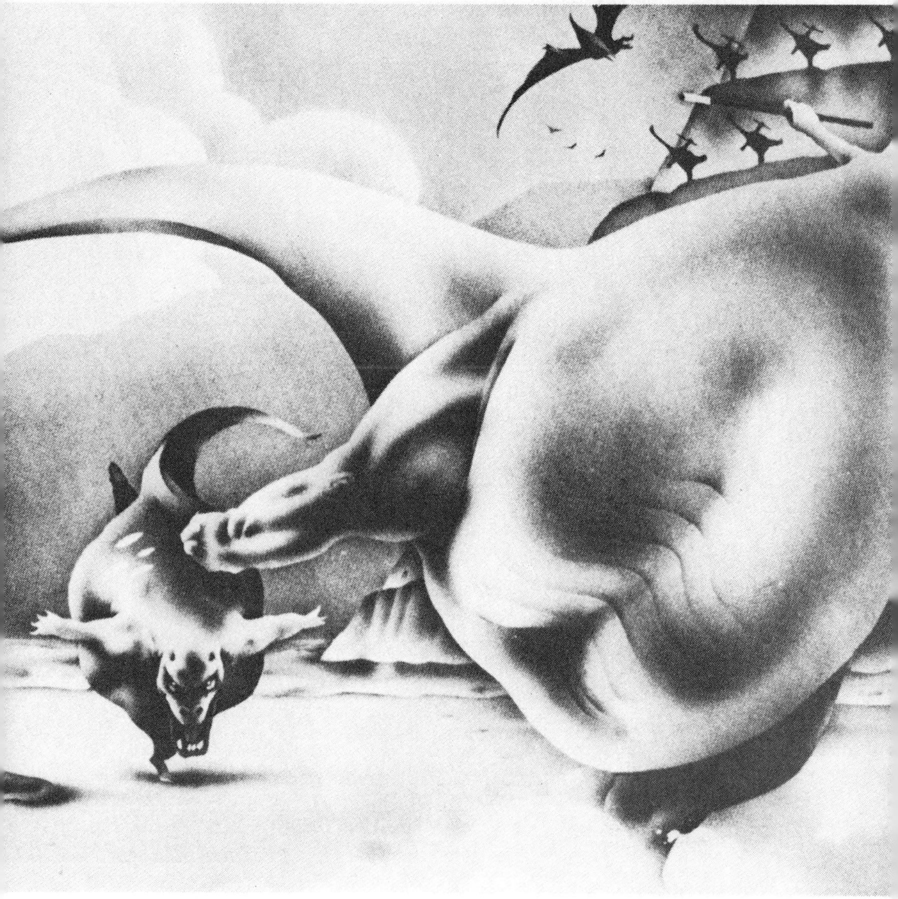

Die Richterskala läßt schön grüßen
Beim Aufprall nach gewagtem Satz.
Schwanensee – mit zarten Füßen
Auf angestammtem Trampelplatz.

Pterodactylen, wie Drachen,
Fliegen hoch und starren nieder.
Brontosaurier – Zum Lachen! –
Schwingen heut' das Tanzbein wieder.

Wirbelnd, swingend, engumschlungen
Tanzen sie. *Sie* knickst geschwind,
Als ihr Lächeln – leicht mißlungen –
Tyrannosaurus Rex gewinnt.

Vorwärts! Rückwärts! Seitwärts! Aufschluß!
Schlamm stöhnt unter ihrem Trott.
Säbelzahn und Stegosaurus
Eint herkulische Gavotte.

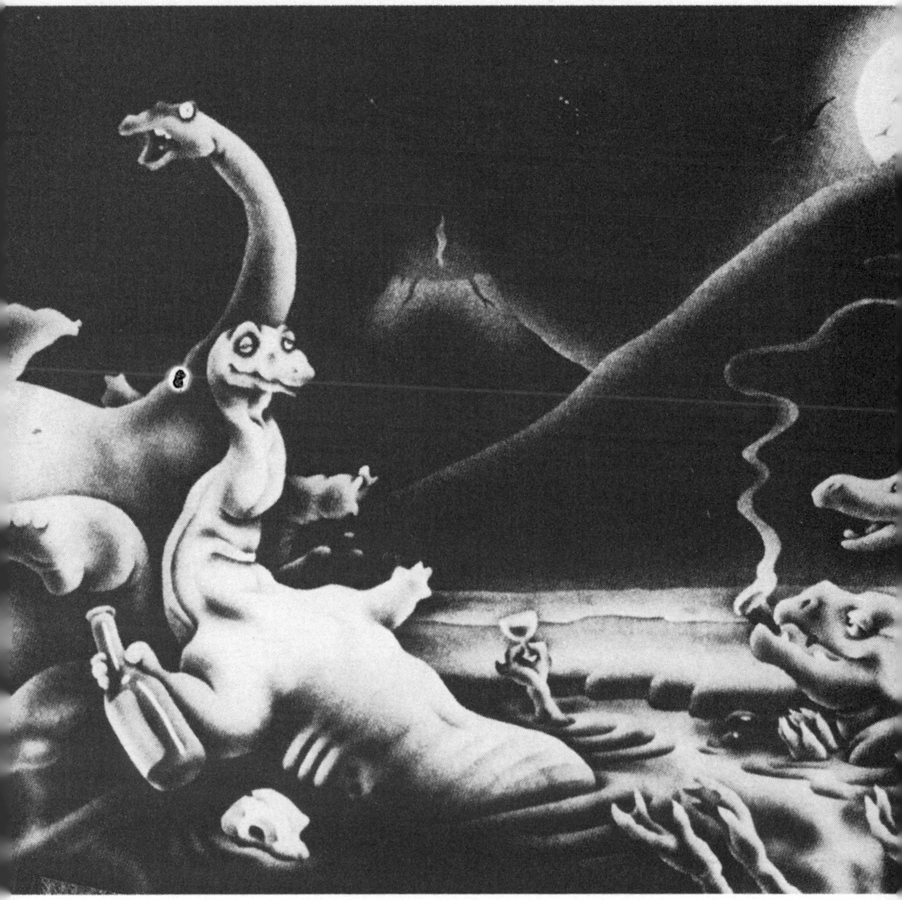

Limbo donnert als Lawine;
Gleichschritt – neunzig Tonnen schwer.
Spinosaurus, kesse Miene,
Verbeugt sich flott: Oh danke sehr!

Spitzentanz! Er zeugt von Klasse,
Dargebracht zum Marsch der Zeit
Auf und nieder wogt die Masse,
Und der Mond hüpft mit erfreut.

Doch die Walzerpaare – sowas!
All die eleganten, raschen
Triceratops, Stegoceras
Halten an, entkorken Flaschen.

Die Geschöpfe, tobend, brausend,
Füll'n die Luft mit Donnerschlag.
Zwischen Panzerplatten hausend,
Flüchten Flöhe vor dem Tag.

Keiner doch entflieht dem Zeitjoch!
Beißt den Nebel, freßt den Schaum!
Nur Tyrannenechse tanzt noch:
Wirbelt grinsend durch den Raum.

Tümpel, teerig, saugen, sinken.
Dunkles Alter lockt und fängt.
Monster, traurig, keuchen, trinken:
Leid in Kreosot ertränkt.

Abgesackt, im Schlick die Panzer,
Saurier: sie schlafen schon.
Doch ist jedem Urzeittänzer
Beifall von der Sandbank Lohn!

Chor der Kritiker – gewonnen –
Ruft: Ja, *das* gefällt uns sehr!
Urteilt über Tänzertonnen:
Lobt die Schar. *Verdammt* den Teer.

Das Nebelhorn

Dort draußen, inmitten des kalten Wassers, weit weg vom Land, warteten wir jede Nacht auf den Nebel, und er kam, und wir ölten die Messingmaschinerie und entzündeten das Nebellicht oben im Steinturm.

Wir fühlten uns wie zwei Vögel in grauem Himmel, McDunn und ich, während wir das Licht hinaustasten ließen, rot, dann weiß, dann wieder rot, um die einsamen Schiffe zu erfassen. Und falls sie unser Licht nicht sahen, dann war da immer noch unsere Stimme, der mächtige, tiefe Schrei unseres Nebelhorns, der die Nebelschwaden durchbebte, die Möwen aufflattern ließ, wie ein verstreutes Kartenspiel und die Wellen dazu brachte, schäumend hochzusteigen.

»Es ist ein einsames Leben, aber du bist jetzt daran gewöhnt, nicht wahr?« fragte McDunn.

STERANKO

»Ja«, erwiderte ich. »Du bist ein guter Gesprächspartner, Gott sei Dank.«

»Nun, morgen bist du an der Reihe, an Land zu gehen«, sagte er lächelnd, »um mit den Ladys zu tanzen und Gin zu trinken.«

»Woran denkst du, McDunn, wenn ich dich hier allein lasse?«

»An die Geheimnisse der See.« McDunn zündete seine Pfeife an. Es war viertel nach Sieben an einem kalten Novemberabend, die Heizung lief, das Licht richtete seinen Schweif in zweihundert Richtungen, das Nebelhorn dröhnte in der hochgelegenen Kehle des Turms. Auf hundert Meilen gab es an der Küste keine Stadt, nur eine Straße, die, einsam und von wenigen Wagen befahren, durch totes Land zur See führte, die Zwei-Meilen-Strecke bis zu unserem Felsen und sehr selten Schiffe.

»Die Geheimnisse der See«, sagte McDunn nachdenklich. »Weißt du, daß der Ozean die größte Schneeflocke ist, die es gibt? Er rollt und schwillt an in tausend Farben und Formen, und keine gleicht der anderen. Sonderbar, eines Nachts, vor Jahren, ich war hier allein, da kamen dort draußen alle Fische der See an die Oberfläche, Irgend etwas brachte sie dazu, hier hereinzuschwimmen und in der Bucht zu stehen, um irgendwie zitternd zum Turmlicht hinaufzustarren, das rot-weiß, rot-weiß über sie hinstrich, so daß ich ihre komischen Augen sehen konnte. Es überlief mich kalt. Sie waren wie ein großer Pfauenschwanz, der sich dort draußen bis Mitternacht bewegte. Dann glitten sie ohne einen Laut hinaus, all ihre Millionen waren verschwunden. Ich denke mir irgendwie, daß sie die vielen Meilen vielleicht deshalb herkamen, um jemand anzubeten. Sonderbar. Aber überleg doch mal, wie der Turm auf sie wirken muß – siebzig Fuß über dem Wasser und das Gott-Licht blitzt aus ihm heraus, und der Turm offenbart sich mit Monsterstimme. Sie sind nie wiedergekommen, diese Fische, aber meinst du nicht auch, daß sie eine Zeitlang glaubten, sie seien in Seiner Gegenwart?«

Ich erschauerte. Ich sah hinaus auf den sich weithin erstreckenden grauen Batist der See, der sich ins Nichts und Nirgends dehnte.

»Oh, die See ist voll.« McDunn blinzelte, paffte nervös an seiner Pfeife. Er war schon den ganzen Tag unruhig gewesen und hatte nicht gesagt, warum. »Trotz all unserer Apparate und der sogenannten Unterseeboote wird es

noch zehntausend Jahrhunderte dauern, bis wir unseren Fuß wirklich auf den Boden der versunkenen Lande setzten, in das Feenreich dort unten, und *wirklichen* Schrecken kennenlernen. Bedenke doch mal, dort unten ist immer noch das Jahr 300 000 vor Christus. Während wir mit Posaunen herummarschierten und einander Länder wegnahmen und Köpfe abrissen, haben sie unten in der See gelebt, zwölf Meilen tief und kalt, in einer Zeit, so alt, wie der Bart eines Kometen.«

»Ja, es ist eine alte Welt.«

»Komm. Ich habe mir etwas Besonderes für dich aufgespart, das ich dir jetzt erzählen muß.«

Wir stiegen die achtzig Stufen hinauf, plauderten und ließen uns Zeit. Oben angekommen, schaltete McDunn die Raumbeleuchtung aus, damit es in den Glasscheiben keine Reflektionen gab. Das große Auge des Leuchtfeuers summte und drehte sich leicht in seinem geölten Lager. Das Nebelhorn blies regelmäßig, alle fünfzehn Sekunden.

»Klingt wie ein Tier, nicht?« McDunn nickte vor sich hin. »Ein großes, einsames Tier, das in die Nacht schreit. Es sitzt hier am Rand von zehn Milliarden Jahren und ruft den Tiefen zu: ›Ich bin hier, ich bin hier, ich bin hier‹. Und die Tiefen antworten, o ja, das tun sie. Du bist jetzt seit drei Monaten hier, Johnny, also bereite ich dich besser vor. Um diese Zeit des Jahres«, sagte er und betrachtete Dunkelheit und Nebel, »kommt etwas den Leuchtturm besuchen.«

»Die Fischschwärme, von denen du erzählt hast?«

Nein, dies ist etwas anderes. Ich habe dir bisher nichts davon gesagt, weil du vielleicht geglaubt hättest, ich sei verrückt. Aber heute ist die letzte Nacht, bis zu der ich es aufschieben kann, denn wenn ich es im letzten Jahr richtig in meinen Kalender eingetragen habe, kommt es heute Nacht. Ich werde es nicht im einzelnen schildern, du mußt es selbst sehen. Setz dich da hin. Wenn du willst, kannst du morgen dein Zeug packen, mit dem Motorboot an Land fahren, in deinen Wagen steigen, der da am Dingipier des Kaps geparkt ist, in irgendeine kleine Stadt im Landesinnern zurückfahren und deine Lampen die Nacht über brennen lassen. Ich werde dir keine Fragen stellen und dir keine Vorwürfe machen. Es hat sich jetzt schon

drei Jahre wiederholt, und dies ist das erste Mal, daß jemand bei mir ist, um es zu bezeugen. Warte und gib acht.«

Eine halbe Stunde, in der wir nur ein paar geflüsterte Worte austauschten, verstrich. Als wir des Wartens müde wurden, begann McDunn mir einige seiner Ideen zu erläutern. Er hatte so seine eigene Theorie über das Nebelhorn.

»Eines Tages, vor vielen Jahren, ging ein Mann an einer kalten, sonnenlosen Küste entlang, blieb im Rauschen des Ozeans stehen und sagte: ›Wir brauchen eine Stimme, die über das Wasser ruft, um die Schiffe zu warnen; ich werde eine machen. Ich werde eine Stimme machen wie die aller Zeiten und allen Nebels, den es je gab; ich werde eine Stimme machen, die wie ein leeres Bett ist, das während der ganzen Nacht neben einem steht, wie ein leeres Haus, wenn man die Tür öffnet, wie Bäume ohne Blätter im Herbst. Einen Laut, wie der Schrei der Vögel, die nach Süden fliegen, einen Laut wie Novemberwind und wie die See an harter, kalter Küste. Ich werde einen Laut erschaffen, der so einsam ist, daß niemand ihn überhören kann, daß ein jeder, der ihn hört, in seiner Seele weint und sein Herd ihm wärmer scheint, und daß es all jenen, die ihn in fernen Städten hören, besser scheinen wird, im Haus zu bleiben. Ich werde mir einen Laut erschaffen und einen Apparat, und sie werden ihn Nebelhorn nennen, und wer immer es hört, wird die Trostlosigkeit der Ewigkeit kennen und die Kürze des Lebens.‹«

Das Nebelhorn blies.

»Ich habe mir diese Geschichte ausgedacht«, sagte McDunn leise, um irgendwie zu erklären, warum es immer wieder, jedes Jahr, zum Leuchtturm kommt. Das Nebelhorn ruft es, glaube ich, und dann kommt es ...«

»Aber ...« sagte ich.

»Pssst!« machte McDunn. Er wies mit dem Kopf hinaus auf die Tiefen.

Irgend etwas schwamm auf den Leuchtturm zu.

Es war eine kalte Nacht, wie gesagt, und im Turmaufsatz war es kühl, das Licht kam und ging, und das Nebelhorn rief und rief durch den brodelnden Nebel. Man konnte nicht weit und man konnte nicht deutlich sehen, aber da war die tiefe See, die auf ihrem Weg um die nächtliche Erde rollte, flach und ruhig, von der

Farbe grauen Schlamms, und hier waren wir zwei, allein in dem hohen Turm, und dort, weit entfernt zuerst, war ein Kräuseln, gefolgt von einer Welle, ein Wogen, eine Blase, ein wenig Schaum. Und dann hob sich aus der Oberfläche der kalten See ein Kopf, ein großer Kopf, von dunkler Farbe, mit riesigen Augen, und dann ein Hals. Und dann – kein Körper – sondern noch mehr Hals und noch mehr! Der Kopf erhob sich volle vierzig Fuß auf einem schlanken und wunderbar dunklen Hals über das Wasser. Erst dann tauchte der Körper, wie eine kleine Insel schwarzer Korallen mit Muscheln und Krebsen, triefend aus den Meerestiefen empor.

Kurz war ein Huschen von Schwanz zu sehen. Insgesamt, vom Kopf bis zur Schwanzspitze, schätzte ich das Monster auf neunzig bis hundert Fuß.

Ich weiß nicht, was ich sagte. Irgend etwas sagte ich.

»Ruhig, Junge, ruhig!« flüsterte McDunn.

»Das ist unmöglich!« sagte ich.

»Nein. Johnny, *wir* sind unmöglich. *Es* ist genau so, wie es schon vor zehn Millionen Jahren war. Es hat sich nicht verändert. *Wir* sind es und das Land, die sich verändert haben, unmöglich geworden sind. *Wir!*«

Es schwamm langsam und mit großer, dunkler Majestät weit draußen in den Wassern. Die Nebel wehten schwach über es hinweg und verhüllten einen Augenblick lang seine Gestalt. Eines der Monsteraugen fing unser immenses Licht ein, hielt es fest, und blitzte es zurück, rot-weiß, rot-weiß, wie ein emporgehobener Signalspiegel, der in urzeitlichem Code eine Botschaft blinkt. Es war genauso lautlos und schweigsam, wie der Nebel durch den es schwamm.

»Es ist irgendein Saurier!« Ich kauerte mich zusammen, hielt mich am Treppengeländer fest.

»Ja, irgendeine Art.«

»Aber die sind ausgestorben!«

»Nein, nur in den Tiefen verborgen. Tief, tief unten in den tiefsten Tiefen. Ist *das* nicht ein Wort, Johnny, ein wirkliches Wort, es sagt so viel: die Tiefen. In so einem Wort steckt alle Kälte, Dunkelheit und Tiefe der Welt.«

»Was sollen wir tun?«

»Tun? Wir haben unseren Job, wir können nicht weg. Außerdem sind wir hier sicherer als

in jedem Boot, das versucht, das Festland zu erreichen. Das Ding da ist so groß wie ein Zerstörer und fast genauso schnell.«

»Aber hierher, warum kommt es hierher?«

Im nächsten Moment hatte ich meine Antwort.

Das Nebelhorn blies.

Und das Monster antwortete.

Ein Schrei kam über Millionen Jahre Wasser und Nebel hinweg. Ein Schrei, so einsam und voller Qual, daß er meinen Kopf und meinen Körper durchschauerte. Das Monster schrie zum Turm hinauf. Das Nebelhorn blies. Das Monster öffnete sein großes, zahnbewehrtes Maul, und der Laut, der aus ihm aufstieg, war genau wie der des Nebelhorns. Einsam und gewaltig und weit entfernt. Der Laut der Verlassenheit, einer sichtlosen See, einer kalten Nacht, der Isolation. Das war der Laut.

»Weißt du jetzt, warum es hierher kommt?« flüsterte McDunn.

Ich nickte.

»Das ganze Jahr über, Johnny, liegt dieses arme Monster da weit draußen, tausend Meilen entfernt und zwanzig Meilen tief vielleicht, und wartet seine Zeit ab, vielleicht ist es eine Million Jahre alt, dieses eine Geschöpf. Stell dir vor, eine Million Jahre zu warten – könntest *du* solange warten? Vielleicht ist es das letzte seiner Art. Ich glaube irgendwie, daß das so ist. Jedenfalls, hier kommen vor fünf Jahren Menschen her und bauen diesen Leuchtturm. Und bringen ihr Nebelhorn an und lassen es schallen und schallen, bis dorthin, wo du dich in Schlaf und Meereserinnerungen an eine Welt eingegraben hast, in der es Tausende deinesgleichen gab, aber jetzt bist du allein, ganz allein in einer Welt, die nicht für dich geschaffen ist, einer Welt, in der du dich verstecken mußt.

Aber der Klang des Nebelhorns kommt und geht, kommt und geht, und du regst dich im schlammigen Grund der Tiefen und deine Augen öffnen sich, und du bewegst dich, langsam, langsam, denn das Wasser der See lastet schwer auf dir. Aber dieses Nebelhorn dringt durch Tausende Meilen von Wasser, schwach und vertraut, und der Heizkessel in deinem Bauch erwärmt sich, und du beginnst aufzusteigen, langsam, langsam. Du ernährst dich mit großen Schlucken von Dorsch, Ellritzen und Strömen von Quallen, und du steigst langsam durch die Herbstmonate auf, durch den September, wenn die Nebel kommen, durch den Oktober mit mehr Nebel, und das Horn ruft dich weiter, und dann, spät im November, nachdem du Tag für Tag deinen Druck ausgeglichen hast, jede Stunde ein paar Fuß höher, bist du der Oberfläche nahe und lebst noch. Du *mußt* langsam aufsteigen, denn wenn du direkt an die Oberfläche kommst, explodierst du. So brauchst du drei volle Monate, um an die Oberfläche zu kommen, und dann einige Tage, um durch die kalten Wasser zum Leuchtturm zu schwimmen. Und da bist du, da draußen, in der Nacht, Johnny, das größte verdammte Monster der Schöpfung. Und hier steht der Leuchtturm und ruft dich, mit einem langen Hals, der wie dein Hals hoch aus dem Wasser ragt, und einem Körper, wie dein Körper und vor allem mit einer Stimme, wie deine Stimme. Verstehst du jetzt, Johnny, verstehst du?«

Das Nebelhorn blies.

Das Monster antwortete.

Ich sah das alles, ich begriff das alles – die Million Jahre einsamen Wartens, daß jemand zurückkäme, der nie zurückkam. Die Million Jahre der Isolation am Grunde des Meeres, der

Wahnsinn der Zeit dort, während die Reptilien-Vögel aus dem Firmament verschwanden, die Sümpfe der Kontinente austrockneten, die Faultiere und Säbelzahntiger ihre Zeit hatten und in Teergruben versanken und die Menschen wie weiße Ameisen über die Hügel liefen.

Das Nebelhorn blies.

»Letztes Jahr«, sagte McDunn, »schwamm dieses Wesen hin und her, hin und her, die ganze Nacht. Es kam nicht sehr nahe, war verwirrt, würde ich sagen. Ängstlich vielleicht. Und ein bißchen verärgert, nachdem es so weit hergekommen war. Aber am nächsten Tag hob sich unerwartet der Nebel und die Sonne kam heraus, der Himmel war blau wie gemalt. Und das Monster schwamm fort von der Hitze und dem Schweigen und kam nicht zurück. Ich vermute, es hat jetzt ein Jahr lang darüber gebrütet und es von jeder Seite bedacht.«

Das Monster war jetzt nur hundert Yards entfernt, es und das Nebelhorn heulten sich an. Als das Licht auf sie fiel, waren die Augen des Monsters Feuer und Eis, Feuer und Eis.

»So ist das Leben«, meinte McDunn. »Immer wartet irgend jemand auf jemand anderen,

STERANKO

der dann nie heimkehrt. Immer liebt einer irgend etwas mehr, als dieses ihn liebt. Und nach einer Weile möchtest du es zerstören, ganz gleich, was es ist, damit es dir nicht mehr wehtun kann.«

Das Monster stürzte auf den Leuchtturm zu.

Das Nebelhorn blies.

»Mal sehen, was passiert«, sagte McDunn.

Er schaltete das Nebelhorn aus.

Die folgende Minute des Schweigens war so angespannt, daß wir im verglasten Oberteil des Turms unsere Herzen pochen und das langsame Schwenken des Scheinwerfers hören konnten.

Das Monster hielt inne und erstarrte. Seine großen Laternenaugen blinzelten. Sein Maul öffnete sich. Es stieß eine Art Grollen aus, wie ein Vulkan. Sein Kopf ruckte hin und her, als suche es die Töne, die jetzt im Nebel verklungen waren. Es starrte zum Scheinwerfer. Es grollte wieder. Dann fingen seine Augen Feuer. Es richtete sich auf, peitschte das Wasser und stürzte auf den Turm zu, die Augen voller Wut und Qual.

»McDunn!« schrie ich. »Schalte das Horn ein!«

McDunn fummelte am Schalter herum. Aber gerade als er ihn umlegte, richtete sich das Monster voll auf. Ich sah kurz seine riesigen Klauen mit dem Fischhautgewebe zwischen den fingerartigen Fortsätzen, die nach dem Leuchtturm schlugen. Das gewaltige Auge an der rechten Seite seines Kopfes glitzerte wie ein Kessel, in den ich schreiend fallen konnte. Der Turm erzitterte. Das Nebelhorn schrie, das Monster schrie. Es packte den Turm, grub seine Zähne knirschend in das Glas des Aufbaus, das auf uns herunterklirrte.

McDunn packte meinen Arm. »Die Treppe!«

Der Turm schwankte, bebte und begann nachzugeben. Das Nebelhorn und das Monster brüllten. Wir stolperten und fielen beinahe die Stufen hinunter. »Schnell!«

Wir kamen unten an, als der Turm einknickte, und duckten uns unter die Treppe des kleinen Steinkellers. Es gab tausend kleine Stöße, als die Steine herunterregneten; das Nebelhorn verstummte abrupt. Das Monster warf sich gegen den Turm. Der Turm fiel. Wir knieten nebeneinander, McDunn und ich, und hielten uns fest, während unsere Welt explodierte.

Dann war es vorbei, und es blieb nichts als

STERANKO

Finsternis und das Lecken der See an den unbehauenen Steinen.

Das und ein anderes Geräusch.

»Hörst du«, flüsterte McDunn. »Hörst du.«

Wir warteten einen Augenblick, dann hörte ich es. Zuerst ein lautes, rauschendes Lufteinsaugen und dann die Klage, die Bestürzung, die Einsamkeit des großen Monsters, das sich über uns und um uns krümmte, nur um die Breite eines Steins von unserem Keller entfernt, so daß der ekelerregende Gestank seines Körpers die Luft erfüllte. Das Monster keuchte und schrie. Der Turm war verschwunden. Das Licht war verschwunden. Das Ding, das es über eine Million Jahre hinweg gerufen hatte, war verschwunden. Und das Monster öffnete sein Maul und sandte gewaltige Laute aus, die Laute eines Nebelhorns, wieder und wieder. Und die Schiffe, weit draußen auf See, die das Licht nicht fanden und überhaupt nichts sahen, nur vorbeifuhren und in die späte Nacht lauschten, müssen gedacht haben: Da ist er, der einsame Laut, das Lonesome Bay-Horn. Es ist alles in Ordnung, wir sind um das Kap herum.

Und so ging es die ganze Nacht.

Die Sonne schien heiß und gelb am nächsten Nachmittag, als die Rettungsleute kamen, um uns aus unserem verschütteten Keller auszugraben.

»Er ist eingestürzt, das ist alles«, sagte McDunn düster. »Wir haben von den Wellen ein paar üble Stöße abgekriegt, und da ist er eben einfach zusammengefallen.« Er umklammerte meinen Arm.

Es war nichts zu sehen. Der Ozean war ruhig, der Himmel blau. Es gab nur den intensiven Algengestank, von der grünen Schicht, die die herabgestürzten Turmsteine und die Felsbrocken des Ufers bedeckte. Fliegen summten herum. Der Ozean zog sich vom Ufer zurück.

Im nächsten Jahr bauten sie einen neuen Leuchtturm, aber inzwischen hatte ich einen Job in der kleinen Stadt, eine Frau und ein schönes warmes kleines Haus, das an den Herbstabenden gelb leuchtete, die Türen verschlossen, der Schornstein rauchend. McDunn war Herr des neuen Leuchtturms, der nach seinen Anweisungen aus Stahlbeton gebaut worden war. »Für alle Fälle«, sagte er.

Der neue Leuchtturm war im November fertig. Ich fuhr eines späten Abends allein hinun-

ter, parkte meinen Wagen, blickte über das graue Wasser und lauschte dem neuen Horn, das dort draußen ganz für sich allein einmal, zweimal, dreimal, viermal in der Minute ertönte.

Das Monster?

Es kam nie wieder.

»Es ist weggegangen«, erklärte McDunn. Es ist in die Tiefen zurückgekehrt. Es hat gelernt, daß man in dieser Welt nichts zu sehr lieben kann. Es ist in die tiefsten Tiefen zurückgekehrt, um eine weitere Million Jahre zu warten. Ach, das arme Ding! Dort draußen zu warten und zu warten, während der Mensch auf diesem jämmerlichen kleinen Planeten kommt und wieder geht, warten und warten.«

Ich saß in meinem Wagen und lauschte. Ich sah weder den Leuchtturm noch das Licht weit draußen in der Lonesome Bay. Ich konnte nur das Horn hören, das Horn, das Horn. Es klang wie der Ruf des Monsters.

Ich saß da und wünschte, daß es etwas gab, das ich sagen konnte.

Wenn ich sagte: Der Saurier ist nicht tot

Wenn ich sagte: Der Saurier *ist* nicht tot
Er ruht draußen aus im Halteverbot.
Zur Erholung parkt er am Straßenrand:
Pikant.
Was würdet ihr machen?
Den Kopf schütteln, lachen?
Doch – nur für den Fall, es träfe doch zu ...
Ist hier nur *einer,* der *nicht* ’rausrennt im Nu?
Nur für den Fall, daß vielleicht *doch* ...?
So sind wir: erwachsen – und hoffen noch.
Im Traum verfolgen uns diese Scheußlichkeiten
Voll davon war’n unsere Kinderzeiten.
Der Wunsch ist bei Knaben und Mädchen gleich,
Der Traum macht selbst Erwachsene weich:
Um *einmal* ’nen Saurier treffen zu können,
Verschenkte ein jeder sein Königreich.
Er könnt’ ja vorm Haus auf der Straße pennen.
’N Bulle würde sich neben ihm aufbau’n,

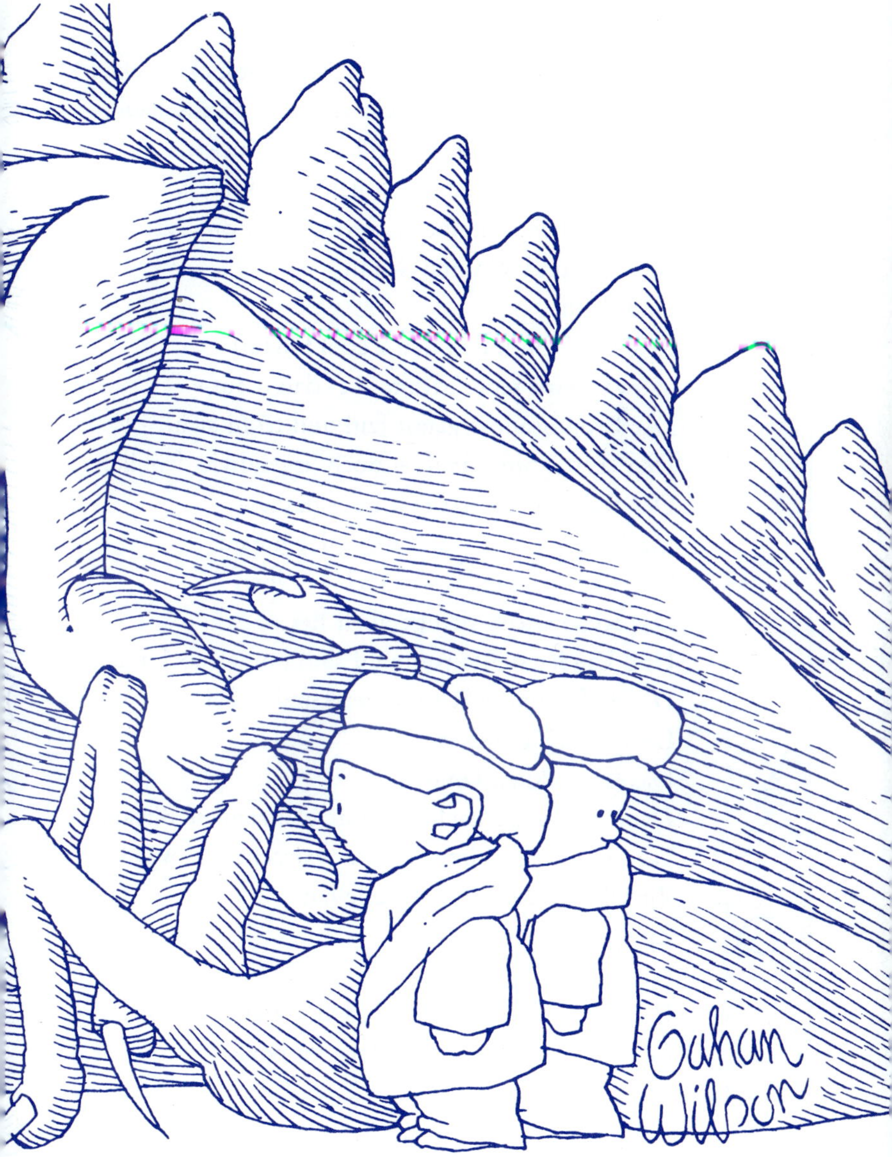
Gahan
Wilson

Und ganz routiniert seinen Schreibblock zücken
Und – während wir etwas dämlich dreinschaun –
Ihn mit 'nem saftigen Knöllchen beglücken!
Kein Irrer der Bulle, doch halt Bürokrat,
Beflissentlich schreibend, vermerkt er die Tat:
Das Wie und Wo und Wann.
Und dann
Reicht er von unten den Zettel hinauf:
»Sowas wird teuer, drum hör' damit auf.«
Der Brontosaurus gähnt faul und trollt sich,
Den Zettel im Maul – doch irgendwie fröhlich.
Der Bulle? Er stutzt erst kurz darauf,
Macht kehrt und wetzt die Allee hinauf
Starrt auf die Stelle, wo noch bis eben
Das Riesenviech sich geräkelt hat.
Und Kinder steh'n rum und sind immer noch platt.
Die Aufregung läßt sie zittern und beben
Und einhellig nicken:
Das ist wirklich famos!
Dann geh'n sie nachhaus mit glänzenden Blicken,
Um dort zu erklären: *Heute* war echt mal was los!
Zu schade: der arglose Bulle hat
Zu spät erst geschaltet
Notiert auf 'nem Formblatt
Die Laster des Lasters (Modell: veraltet),
Ohne sich auch nur wundern zu wollen:

Motorgeräusche wie Donnergrollen?
Was soll's, die Allee ist wieder leer,
Und keine Spur von dem Fleischbrocken mehr.
Nur 'n Mistberg im Rinnstein,
Die Müllabfuhr wird entzückt sein.
Und nicht 'mal die Kinder können beschwören
Daß sie das Super-Biest tatsächlich gesehen.

Tyrannosaurus Rex

Er öffnete eine Tür hinter der es dunkel war. Eine Stimme schrie: »Zumachen!« Es war wie ein Schlag ins Gesicht. Er sprang hinein. Die Tür knallte zu. Er verfluchte sich lautlos. »Jesus«, sagte die Stimme im Ton schrecklich großer Geduld. »Sie sind Terwilliger?«

»Ja«, erwiderte Terwilliger. Gespenstisches Leinwandschimmern geisterte matt auf der Theaterwand zu seiner Rechten. Links schrieb eine Zigarette feurige Bogen in die Luft, als sie sich zwischen schnell sprechenden Lippen auf und ab bewegte.

»Sie sind fünf Minuten zu spät!«

Mach keine fünf Jahre draus, dachte Terwilliger.

»Schieben Sie Ihren Film durch die Tür vom Vorführraum. *Beeilung.*«

Terwilliger kniff die Augen zusammen.

Er konnte fünf gewaltige Logensitze erkennen, die aufseufzten und schwer atmeten, als Größen des Verwaltungslebens sich verlagerten und zur mittleren Loge beugten, wo, in der Dunkelheit fast verborgen, ein kleiner Junge saß und rauchte.

Nein, dachte Terwilliger, kein Junge. Das ist er. Joe Clarence, Clarence der Große.

Soeben schnappte der winzige Mund wie der einer Puppe und blies Rauch aus. »Nun?«

Terwilliger stolperte nach hinten, um dem Vorführer den Film zu geben, der machte eine obszöne Geste in Richtung der Logen, blinzelte Terwilliger zu und knallte die Tür seiner Kabine hinter sich zu.

»Jesus«, seufzte die winzige Stimme. Ein Summer summte. »Abfahren, Vorführer!«

Terwilliger sondierte den nächstgelegenen Sessel, stieß auf Fleisch, zuckte zurück und blieb, sich auf die Lippen beißend, stehen.

Musik ergoß sich von der Leinwand. Sein Film erschien mit einem Trommelwirbel:

TYRANNOSAURUS REX:
DIE DONNER-ECHSE

Gefilmt in Stop-motion-Animation mit

Miniaturen von John Terwilliger. Eine Studie der Lebensformen vor einer Milliarde Jahren.

Von den sanft klatschenden Babyhänden in der mittleren Loge kam leiser ironischer Applaus.

Terwilliger schloß die Augen. Neue Musik ließ ihn hochfahren. Die letzten Vorspannzeilen verblaßten in eine Welt dunstiger Schwaden, üppiger Wildnis, giftiger Regen und urzeitlicher Sonne. Morgennebel trieben an ewigen Meeresküsten entlang, wo ungeheure fliegende Träume und Alpträume die Winde durchsichelten. Gewaltige Dreiecke aus Knochen und ranziger Haut, diamantenen Auges und harschigen Zahns, Pterodactyle, die Flugdrachen der Zerstörung, stießen herab, schlugen Beute und glitten davon, Schreie und Fleisch in den Scheren ihrer Schnäbel.

Fasziniert sah Terwilliger zu.

Im Dschungelblattwerk jetzt: Zittern, Beben, Schleichen insektoides Zappeln und Antennenzucken, Schleim eingeschlossen in ölig fettigen Schleim, sich häutende, schälende Panzer – durch Sonnenlichtungen und Schatten wandern die reptilischen Bewohner von Terwilliigers verrücktem Gedenken an fleischgewordene Rache, der schreckenverbreitende Flügel verliehen waren.

Brontosaurier, Stegosaurier, Triceratops. Wie leicht einem die schwerfälligen Wortungetüme doch von den Lippen gingen.

Die riesigen Ungetüme wälzten sich wie häßliche Kriegsmaschinen, Auflösung und Zerfall verbreitend durch Moorsenken, zertrampelten mit einem Schritt Tausende von Blüten, schnaubten in den feuchten Dunst, zerrissen den Himmel mit einem einzigen Kreischen.

Meine Schönen, dachte Terwilliger, meine kleinen Lieblinge. Alles flüssiges Latex, Schaumgummi, stählerne Gelenkverbindungen; alle nachterträumt, tonmodelliert, gedrechselt und geschweißt, genietet und von Hand zum Leben erweckt. Die eine Hälfte nicht größer als meine Faust und die andere nicht größer als dieser Kopf, dem sie entsprungen sind.

»Guter Gott«, sagte eine weiche Stimme bewundernd in der Dunkelheit.

Schritt für Schritt, Einzelbild für Einzelbild, stop motion für stop motion hatte er, Terwilliger, seine kleinen Biester durch ihre Posituren geführt, jedes um den Bruchteil eines Zolls bewegt, fotografiert, sie wieder einen Hauch bewegt, fotografiert; Stunden, Tage und Monate. Jetzt rasten diese kostbaren Bilder, diese knapp achthundert Fuß Film durch den Projektor.

Und sehet! dachte er. Es wird immer wieder neu für mich sein. Da! Sie erwachen zum *Leben!*

Gummi, Stahl, Ton, reptilische Latexhülle, Glasaugen, Porzellanfänge, alles wälzt sich, trottet, schlendert schreitet in furchtbarem Stolz durch Kontinente, die noch ohne Menschen, durch Meere die noch ohne Salz, eine Milliarde Jahre für immer vergangen. *Ja,* sie atmen. *Ja,* sie erschüttern die Luft mit Donner. Oh, so ungewöhnlich, so unheimlich!

Ich habe das Gefühl, dachte Terwilliger, daß dies ganz einfach mein Paradies ist, und sie sind meine Tierschöpfungen, die ich an diesem Sechsten Tag liebe; und morgen dem Siebten, muß ich ruhen.

»Guter Gott«, sagte die Stimme noch einmal.

Terwilliger hätte fast mit »Ja?« geantwortet.

»Das sind wunderschöne Aufnahmen, Mr. Clarence«, fuhr die Stimme fort.

»Vielleicht«, sagte der Mann mit der Jungenstimme.

»Unglaubliche Animation.«

»Ich habe bessere gesehen«, erklärte Clarence der Große.

Terwilliger versteifte sich. Er wandte sich von der Leinwand ab, wo seine Freunde von Metzeleien architektonischen Ausmaßes schwerfällig in Vergessenheit polterten. Zum ersten Mal begutachtete er seine möglichen Arbeitgeber.

»Wunderschönes Material.«

Dieses Lob kam von einem alten Mann, der ihm gegenüber am anderen Ende des Aufführungsraums saß und jenem uralten Leben in verblüfftem Staunen seinen Kopf entgegengestreckt hatte.

»Es ist ruckhaft. Sehen Sie, da!« Der sonderbare Junge in der mittleren Loge erhob sich halb und deutete mit der Zigarette in seinem Mund auf die Leinwand. »Hee, war *das* ’n schlechter Schuß. *Sehen* Sie?«

»Ja«, sagte der alte Mann und ließ sich, plötzlich sehr müde, in seinen Sessel zurücksacken. »Ich sehe.«

Terwilliger schluckte seine heiße Wut hinunter, dämpfte das Aufwallen seines Blutes.

»Ruckhaft«, sagte Joe Clarence.

Weißes Licht, huschende Zahlen, Dunkelheit; die Musik brach ab, die Monster waren verschwunden.

»Gut, daß das vorbei ist.« Joe Clarence atmete aus. »Fast Zeit zum Lunch. Werfen Sie den nächsten Streifen ein, Walther! Das ist alles, Terwilliger.« Schweigen. »Terwilliger?« Schweigen. »Ist die Nulpe noch da?«

»Hier.« Terwilliger stemmte die Fäuste in die Hüften.

»Oh«, machte Joe Clarence. »Es ist nicht schlecht. Aber kommen sie nicht auf irgendwelche geldgierigen Gedanken. Wir hatten gestern 'n Dutzend Burschen hier, die Zeug gezeigt haben, das so gut war wir Ihrs, oder besser; Proben für unseren neuen Film, *Monster der Urzeit.* Geben Sie Ihr Angebot in einem geschlossenen Umschlag bei meiner Sekretärin ab. Dieselbe Tür, durch die Sie reingekommen sind. Walter, worauf zum Teufel warten Sie? Spulen Sie den nächsten ab!«

In der Dunkelheit schürfte sich Terwilliger seine Schienbeine an einem Sessel auf, tastete nach dem Türgriff, fand ihn und umschloß ihn fest, fest.

Hinter ihm explodierte die Leinwand – eine

Lawine ergoß sich in mächtigen Staub- und Steinwolken, ganze Städte aus Granit, immense marmorne Bauten stürzten ineinander, zerbrachen und fluteten dem Boden zu. In diesem Donnern hörte er Stimmen aus der kommenden Woche:

»Wir werden Ihnen tausend Dollar zahlen, Terwilliger.«

»Aber ich brauche schon allein tausend für meine Ausrüstung!«

»Hören Sie, wir geben Ihnen eine Chance. Tun Sie's oder lassen Sie's!«

Als das Donnern erstarb, wußte er, daß er es tun würde, und er wußte, daß er es hassen würde.

Erst als die Lawine hinter ihm sich aufgezehrt hatte und schwieg, und sein Blut zu der unvermeidlichen Entscheidung gerast war und in seinem Herz stockte, zog Terwilliger die ungeheuer schwer gepolsterte Tür weit auf und trat in das schrecklich rauhe Licht des Tages.

Verbinde das biegsame Rückgrat mit dem gekrümmten Hals, lagere den Totenkopfschädel drehbar auf dem Hals, hänge den Unterkiefer an die hohlen Wangen, klebe Schaumstoff über das geölte Skelett, ziehe schlangennarbige Haut über Schaumstoff, verschmelze die Säume mit Feuer, und laß ihn nun triumphierend aufragen, in einer Welt, wo Wahnsinn erwacht, nur um verrückte Wildheit zu schauen – Tyrannosaurus Rex!

Die Hände Des Schöpfers glitten aus der Lichtbogensonne hinunter. Sie plazierten das rauhhäutige Monster in eine falsche grüne Sommerwildnis, ließen es durch Pfützen wimmelnden bakteriellen Lebens waten. In heiteren, friedlichen Schrecken gepflanzt, sonnte sich die Echsenmaschine darin. Aus dem verborgenen Himmelsgewölbe summte die Stimme Des Schöpfers, ließ das Paradies in jener alten und monotonen Weise vibrieren, die davon sang, wie das Fersenbein mit dem ... Sprungbein verbunden wurde, Sprungbein mit dem ... Schienenbein, Schienenbein mit dem Schenkelknochen, Schenkelknochen mit ...

Eine Tür sprang auf.

Joe Clarence stürmte herein wie Meute Jungpfadfinder. Er blickte sich wild um, so, als sei niemand da.

»Mein Gott!« schrie er. »Haben Sie's immer noch nicht montiert? Das kostet mich Geld!«

»Nein«, erwiderte Terwilliger trocken. »Egal, wie lange ich brauche, ich bekomme dieselbe Bezahlung.«

Joe Clarence kam in einer Serie schneller Stockungen näher. »Na, dann schwingen Sie die Hufe. Und machen Sie es wirklich richtig grausig.«

Terwilliger kniete neben dem Miniaturdschungel. Seine Augen befanden sich auf gleicher Höhe mit denen des Produzenten, als er sagte: »Wieviel Fuß Blutbad und Eingeweide hätten Sie denn gern?«

»Zweitausend von jedem!« Clarence lachte in einer Art keuchendem Stottern. »Zeigen Sie mal.« Er grabschte sich die Echse.

»Vorsichtig!«

»Vorsichtig?« Clarence drehte das häßliche Ungeheuer in unachtsamen und lieblosen Händen hin und her. »Es ist mein Monster, oder nicht? Der Vertrag ...«

»Der Vertrag besagt, daß Sie dieses Modell für Filmaufnahmen und Werbezwecke nutzen dürfen, aber nach der Freigabe des Films fällt das Tier an mich zurück.«

»Donnerwetter.« Clarence wedelte mit dem Monster herum. »Das stimmt nicht. Wir haben die Verträge gerade erst vor vier Tagen unterschrieben ...«

»Kommt mir vor wie vier Jahre.« Terwilliger rieb sich die Augen. »Ich bin seit zwei Nächten ohne Schlaf, um dieses Viech fertigzustellen, damit wir mit den Aufnahmen beginnen können.«

Clarence wischte das beiseite. »Zum Teufel mit dem Vertrag. Was für schmieriger Trick. Es ist mein Monster. Wegen Ihnen und Ihrem Agenten kriege ich Herzanfälle. Herzanfälle wegen Geld, Herzanfälle wegen Ausstattungen und Geräten, Herzanfälle wegen ...«

»Die Kamera, die Sie mir gegeben haben ist uralt.«

»Falls sie kaputtgeht, machen Sie sie eben wieder heil; Sie haben doch Hände? Die Herausforderung eines kleinen Budgets liegt darin, seinen Kopf zu gebrauchen, statt Geld. Um zum Thema zurückzukommen: dieses Monster, und so hätte es auch in dem Geschäft vereinbart werden müssen, ist mein Baby.«

»Ich überlasse nie jemand das Eigentum an den Dingen, die ich mache«, erklärte Terwilliger offen. »Ich investiere zuviel Zeit und Liebe in sie.«

»Hölle, also okay, wir geben Ihnen fünfzig extra für das Biest und noch die ganze Kameraausrüstung hier mit drauf, wenn der Film fertig ist, in Ordnung? Dann gründen Sie Ihre eigene Gesellschaft. Machen mir Konkurrenz, ziehen mit mir gleich, zahlen es mir heim, und das alles, indem Sie meine Maschinen benutzen!« Clarence lachte.

»Falls sie nicht vorher zusammenbrechen«, stellte Terwilliger fest.

»Noch was.« Clarence stellte das Wesen auf den Boden und lief um es herum. »Mir gefällt nicht, wie sich das Aussehen dieses Monsters entwickelt ...«

»Ihnen gefällt *was* nicht?« Terwilliger schrie fast.

»Der Eindruck, den es macht. Braucht mehr Feuer, mehr ... Goombah. Mehr Mazasch!«

»Mazasch?«

»Ist 'n alter Schlappschwanz! Holen Sie die Augen mehr raus. Blähen Sie ihm die Nüstern. Lassen Sie die Zähne blitzen. Gabeln Sie die Zunge schärfer. Sie *können* es! Äh, das Monster gehört nicht mir, wie?«

»Mir.« Terwilliger stand auf.

Seine Gürtelschnalle war jetzt auf gleicher

Höhe mit Joe Clarences Augen. Der Produzent starrte einen Augenblick lang wie hypnotisiert auf das hell glänzende Metall.

»Gottverdammt, die gottverdammten Anwälte!«

Er ging zur Tür. »An die Arbeit!«

Das Monster traf die Tür einen Sekundenbruchteil, nachdem sie zugefallen war.

Terwilliger ließ seine Hand in der Wurfhaltung in der Luft schweben. Dann sackten seine Schultern zusammen. Er ging und hob seinen Liebling auf. Er drehte ihm den Kopf ab, zog das Latexfleisch vom Schädel, plazierte den Schädel auf einen Sockel und begann, das prähistorische Gesicht mit Ton sorgfältig neu zu gestalten.

»Ein bißchen Goombah«, murmelte er. »Ein Hauch von Mazasch.«

Eine Woche später ließen sie den ersten Testfilm mit dem animierten Monster laufen.

Nach den letzten Bildern saß Clarence in der Dunkelheit da und nickte kaum merklich.

»Besser. Aber ... noch grauenvoller, blutgerinnend. Tante Jane soll sich vor Angst in die Hose machen. Zurück ans Zeichenbrett!«

»Ich liege jetzt eine Woche hinter dem Zeitplan«, protestierte Terwilliger. »Dauernd kommen Sie rein, ändern Sie dies, ändern Sie das, sagen Sie, also ändere ich es, einen Tag ist der Schwanz völlig falsch, am nächsten sind es die Klauen ...«

»Sie werden einen Weg finden, um mich glücklich zu machen«, erklärte Clarence. »Knien Sie sich rein und kämpfen Sie den alten ästhetischen Kampf!«

Am Ende des Monats lief der zweite Test.

»Ziemlich dicht daneben! Ziemlich!« sagte Clarence. »Das Gesicht ist fast genau richtig. Versuchen Sie's nochmal, Terwilliger!«

Terwilliger ging zurück an die Arbeit. Er belebte den Mund des Dinosauriers, so daß er obszöne Dinge sagte, die nur für einen Lippenleser verständlich gewesen wären, während der Rest des Publikums denken mußte, daß das Tier nur kreischte. Dann nahm er den Ton und arbeitete bis drei Uhr früh an dem furchtbaren Gesicht.

»Das ist es!« rief Clarence eine Woche später im Vorführraum. »Perfekt! Ja, *das* nenn' ich ein Monster!«

Er beugte sich zu dem alten Mann, Mr.

Glass, seinem Anwalt und zu Maury Poole, seinem Produktionsassistenten.

»*Gefällt* euch mein Geschöpf?« Er strahlte.

Terwilliger, der zusammengesackt in der letzten Reihe saß, mit einem Skelett, das nicht größer war, als die Monster, die er baute, fühlte förmlich, wie der alte Anwalt mit den Schultern zuckte.

»Wenn man ein Monster gesehen hat, hat man alle gesehen.«

»Sicher, sicher, aber dieses ist 'was Besonderes!« rief Clarence glücklich. »Selbst *ich* muß zugeben, daß Terwilliger ein Genie ist!«

Sie alle wandten sich wieder dem Ungeheuer auf der Leinwand zu, das in einem titanischen Walzer seinen rasiermesserscharfen Schwanz in einem bösen weiten Erntebogen schwenkte, der Gras abmähte und Blumen köpfte. Das Ungeheuer hielt jetzt inne, um gedankenvoll in Dunstschwaden zu blicken, während es an einem blutigen Knochen kaute.

»Dieses Monster«, sagte Mr. Glass schließlich blinzelnd. »Es kommt mir zweifellos irgendwie bekannt vor.«

»Bekannt?« Terwilliger setzte sich aufgeschreckt hoch.

»Es hat so einen Blick«, meinte Mr. Glass gedehnt, »an den ich mich von irgendwoher deutlich erinnere.«

»Ausstellungen des Naturkundemuseums?«

»Nein, nein.«

»Vielleicht«, lachte Clarence, »haben Sie mal ein Buch gelesen, Glass?«

»Sehr witzig ...« Glass blieb unberührt, legte den Kopf auf die Seite und schloß ein Auge. »Wie die Detektive vergesse ich nie ein Gesicht. Aber dieser Tyrannosaurus Rex – wo sollte ich *ihm* schon mal begegnet sein?«

»Wen interessiert's?« Clarence hüpfte umher. »Er ist großartig. Und nur, weil ich Terwilliger in den Hintern getreten habe, damit er es richtig macht. Kommen Sie, Maury!«

Als die Tür sich schloß, drehte Mr. Glass sich um und blickte Terwilliger unverwandt an. Ohne die Augen abzuwenden, rief er leise nach dem Vorführer: »Walt, Walter? Könntest du uns nochmal mit dem Biest beehren?«

»Klar.«

Terwilliger schob sich unbehaglich hin und her, war sich einer düsteren Macht bewußt, die sich in Schwärze zusammenballte und dann in dem scharfen Licht war, das vorschoß, um

Schrecken auf die Leinwand zu werfen.

»Ja, wirklich«, grübelte Mr. Glass. »Ich kann mich fast besinnen. Ich erkenne ihn fast. Aber ... *wer?*«

Wie um zu antworten, drehte sich das Scheusal herum und starrte einen Moment lang verächtlich über einhunderttausend Millionen Jahre auf zwei kleine Menschen, die sich in einem kleinen, schwarzen Raum versteckten. Die Tyrannenmaschine machte ihrem Namen donnernd Ehre.

Mr. Glass beugte sich rasch wie um zu lauschen vor.

Dunkelheit verschluckte alles.

Den Film in der zehnten Woche halb fertig, versammelte Clarence dreißig Techniker und Angehörige des Büropersonals sowie ein paar Freunde, um sich einen Rohschnitt des Films anzusehen.

Der Film war fünfzehn Minuten gelaufen, als ein erstauntes Luftholen durch die kleine Zuschauergruppe lief.

Clarence blickte rasch herum.

Mr. Glass, der neben ihm saß, versteifte sich.

Terwilliger, der Gefahr witterte, hing in der

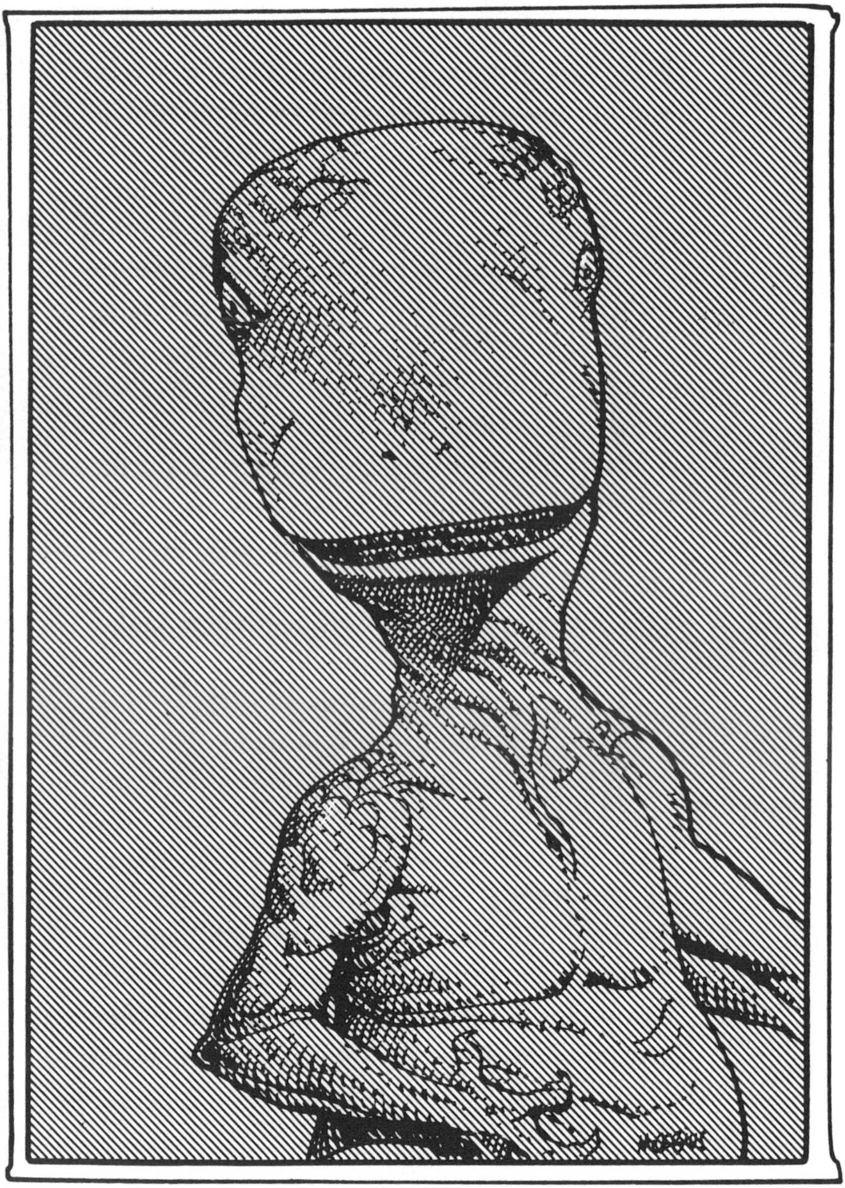

Nähe des Ausgangs herum, ohne zu wissen warum; seine Nervosität war zwingend und intuitiv. Die Hand an der Tür, sah er zu.

Wieder liefen Laute der Verblüffung durch das Publikum.

Irgend jemand lachte leise. Eine Sekretärin kicherte. Dann gab es ein abruptes Schweigen.

Denn Joe Clarence war aufgesprungen.

Seine winzige Gestalt zerschnitt das Licht auf der Leinwand.

Einen Moment lang gestikulierten zwei Bilder in der Dunkelheit: Tyrannosaurus, der einem Pteranodon ein Bein ausriß, und Clarence, der schrie und nach vorn hüpfte, als wolle er sich mit diesen phantastischen Ringern einlassen.

»Stopp! Genau hier einfrieren!«

Der Film hielt an. Das Bild stand.

»Was ist los?« fragte Mr. Glass.

»Los?« Clarence krabbelte zu dem Bild hoch. Er warf seine Babyhand zur Leinwand hoch, stieß sie in den Tyrannkiefer, das Echsenauge, die Fänge und wandte sich dann geblendet dem Projektionslicht zu, so daß sich reptilisches Fleisch auf seinen hektischen Wangen abbildete. »Was läuft hier? Was *ist* das da?«

»Nur ein Monster, Chef.«

»Monster, zum Teufel!« Clarence hämmerte mit seiner winzigen Faust gegen die Leinwand. »Das bin *ich!*«

Die eine Hälfte der Anwesenden beugte sich vor, die andere ließ sich zurückfallen; zwei Leute sprangen auf, einer davon war Mr. Glass, der nach seiner anderen Brille fummelte, sie aufsetzte und stöhnte: *»Da* habe ich ihn also schon gesehen!«

»Wo haben Sie was?«

Mr. Glass schüttelte mit geschlossenen Augen den Kopf. »Das Gesicht, ich *wußte,* daß ich es kannte.«

Ein Windzug blies in den Raum.

Alle drehten sich um. Die Tür stand offen.

Terwilliger war gegangen.

Sie fanden Terwilliger in seinem Animationsstudio, wo er, das Tyrannosaurus-Modell unter dem Arm, seinen Schreibtisch räumte, indem er alles in einen großen Pappkarton warf. Er blickte auf, als der Mob, Clarence an der Spitze, hereinstürmte.

»Womit habe ich das verdient!« schrie er.

»Es tut mir leid, Mr. Clarence.«

»Es tut Ihnen leid?! Habe ich Sie nicht gut bezahlt?«

»Nein, eigentlich nicht.«

»Ich habe Sie mehrfach zum Essen ausgeführt ...«

»Einmal. Ich habe die Rechnung übernommen.«

»Ich habe Sie in meinem Haus bewirtet, Sie haben in meinem Pool geschwommen – und jetzt *das!* Sie sind gefeuert!«

»Sie können mich nicht feuern, Mr. Clarence. Ich habe die letzte Woche unbezahlt und über die Zeit gearbeitet. Sie haben meinen Scheck vergessen ...«

»Sie sind trotzdem gefeuert, oh, Sie sind *wirklich* gefeuert! Sie sind in Hollywood erledigt. Mr. Glass!« Er wirbelte herum, und suchte den alten Mann. »Verklagen Sie ihn!«

»Da gibt es nichts zu holen«, sagte Terwilliger, blickte nicht mehr auf, sah nur nach unten, packte, blieb in Bewegung, »nichts, was Sie einklagen könnten. Geld? Sie haben mir nie genug gezahlt, um etwas auf die Seite legen zu können. Ein Haus? Konnte ich mir nie leisten. Eine Frau? Ich habe mein Leben lang für Leute wie Sie gearbeitet; also keine Heirat. Ich bin ein von Besitz unbelasteter Mann. Sie können mir nichts antun. Wenn Sie meine Dinosaurier pfänden lassen, verkrieche ich mich einfach irgendwo in einer kleinen Stadt, besorge mir eine Dose Latex, Lehm vom Fluß, ein paar alte Stahlrohre und mache neue Monster. Ich werde überschüssiges Rohmaterial kaufen alt und billig. Ich habe eine alte stop-motion-Kamera. Nehmen Sie mir die weg, baue ich mit meinen eigenen Händen eine neue. Ich schaffe alles, wenn ich es will. Und deshalb werden Sie mir nie wieder wehtun können.«

»Sie sind gefeuert!« schrie Clarence. Sehen Sie mich an, wenn ich mit Ihnen rede! Sie sind gefeuert! Sie sind gefeuert!«

»Mr. Clarence«, sagte Mr. Glass, während er sich vordrängte. »Lassen Sie mich nur eine Minute mit ihm reden.«

»Also schön, reden Sie mit ihm!« sagte Clarence. »Aber wozu soll das gut sein?« Er steht einfach nur da, mit diesem Monster unter dem Arm, und das verdammte Ding sieht aus wie ich, also gehen Sie mir schon aus dem Weg!«

Clarence stürzte aus der Tür. Die anderen folgten.

Mr. Glass schloß die Tür, ging zum Fenster

und in den völlig klaren, abendgefärbten Himmel.

»Wenn es doch nur regnen würde«, sagte er. »Das ist etwas, das ich Kalifornien nie richtig vergeben werde: Es läßt sich nie richtig gehen und weint. Was würde ich gerade jetzt für ein kleines Zeichen aus diesem Himmel geben! Und wäre es nur ein Blitz.«

Dann stand er schweigend da und Terwilliger packte etwas langsamer. Mr. Glass ließ sich in einen Sessel sacken, kritzelte mit einem Stift auf einem Schreibblock herum und sprach traurig halblaut mit sich selbst.

»Sechs Rollen im Kasten, ziemlich gute Aufnahmen, der Film halb fertig, dreihunderttausend Dollar aus dem Fenster geworfen und beim Teufel. Und alle Jobs hinterdrein. Wer stopft jetzt die hungrigen Mäuler der kleinen Jungen und Mädchen? Wer wird den Aktionären gegenübertreten? Wer streichelt die Bank of America? Wer hat Lust auf Russisches Roulette?«

Er drehte sich um und sah, wie Terwilliger seine Aktentasche zuschnappen ließ.

»Was hat Gott da geformt?«

Terwilliger sah auf seine Hände, drehte sie

hin und her, betrachtete prüfend ihr Gewebe und sagte: »Ich wußte nicht, daß ich es getan habe, das schwöre ich. Es kam unter meinen Fingern heraus. Es war alles unbewußt. Meine Finger machen alles für mich. *Sie* haben das gemacht.«

»Am besten wären diese Finger direkt in mein Büro gekommen und hätten mich gleich erwürgt«, erklärte Glass. Ich hatte nie viel übrig für Filmtricks. Die Keystone Cops mit dreifacher Geschwindigkeit war meine Vorstellung von Leben und Sterben. Sich vorzustellen, daß ein Gummimonster uns alle erledigt! Wir sind nur noch Tomatenmark, fertig zum Abfüllen!«

»Verpassen Sie mir nicht noch mehr Schuldgefühle, als ich schon habe«, meinte Terwilliger.

»Was wollen Sie, soll ich Sie zum Tanzen ausführen?«

»Es ist gerecht!« schrie Terwilliger, »er hat dauernd auf mir rumgehackt, Tun Sie dies. Tun Sie das. Machen Sie's anders rum. Das Innerste nach außen, das Unterste zuoberst, wollte er. Ich habe meinen Ärger runtergeschluckt. Ich war die ganze Zeit wütend. Ich muß das Gesicht unbewußt so geändert haben. Und bis vor fünf Minuten, bis Mr. Clarence losschrie, hatte ich es nicht gesehen. Ich nehme alle Schuld auf mich.«

»Nein«, seufzte Mr. Glass, »wir hätten es *alle* sehen müssen. Vielleicht haben wir es auch und konnten es nur nicht zugeben. Vielleicht haben wir die ganze Nacht im Schlaf darüber gelacht; wenn wir es nicht hören konnten. Und wo stehen wir nun? Mr. Clarence hat Investitionen getätigt, die er nicht einfach wegwerfen kann. Mr. Clarence sehnt sich in genau diesem Moment schmerzlichst danach, daß man ihn überzeugt, dies alles sei nur ein schrecklicher Traum gewesen. Neunundneunzig Prozent der Ursachen seiner Schmerzen liegen in seiner Brieftasche. Wenn Sie in der nächsten Stunde ein Prozent Ihrer Zeit dafür aufwenden könnten, ihn von dem zu überzeugen, was ich Ihnen gleich erklären werde, wird Ihnen morgen aus den Pflegestellenanzeigen von *Variety* und *Hollywood Reporter* keine Waise entgegenstarren. Wenn Sie also hingehen und ihm sagen würden ...«

»Mir *was* sagen?«

Joe Clarence war zurückgekehrt und stand

mit noch immer brennenden Wangen in der Tür.

»Was er gerade auch mir gesagt hat.« Mr. Glass wandte sich ihm gelassen zu. »Eine wirklich anrührende Geschichte.«

»Ich höre«, sagte Clarence.

»Mr. Clarence.« Der alte Anwalt wog seine Worte sorgfältig ab. »Der Film, den Sie gerade gesehen haben, ist Mr. Terwilligers ergebene und stillschweigende Huldigung an Sie.«

»Er ist *was?«* brüllte Clarence.

Sowohl Clarence als auch Terwilliger sahen Mr. Glass mit hängenden Kinnladen an.

Der alte Anwalt betrachtete nur angelegentlich die Wand und fragte mit scheuer Stimme: »Soll ich fortfahren?«

Der Trickspezialist klappte den Mund zu. »Wenn Sie möchten.«

»Dieser Film«, der alte Anwalt stand auf und deutete mit einer glatten Begeung zum Vorführraum, »entstand aus einem Gefühl der Hochachtung vor und der Freundschaft zu Ihnen, Joe Clarence. Hinter Ihrem Schreibtisch, ein unbesungener Held der Filmindustrie, unbekannt, ungesehen, schwitzen Sie Ihr einsames, kleines Leben aus, während wer den

Ruhm einheimst? Die Stars! Wie oft wohl sagt ein Mann in Atawanda Springs zu seiner Frau: ›Weißt du, ich hab gestern nacht an Joe Clarence denken müssen, ein großer Produzent, dieser Mann!‹? Wie oft? Soll ich es sagen? Nie! Also dachte Terwilliger darüber nach. Wie konnte er den wirklichen Clarence der Welt präsentieren? Da ist der Dinosaurier – Wumm! geht es ihm auf! Das ist es! dachte er, genau das Richtige, um die Welt zu erschüttern und zu erschrecken, ein einsames, stolzes, wundervolles, Ehrfurcht gebietendes Symbol der Unabhängigkeit, der Macht, der Stärke und animalischer Verschlagenheit; der wahre Demokrat, das Individuum in Vollendung – alles mit Donner und Blitz. Dinosaurier: Joe Clarence. Joe Clarence: Donosaurier. Mensch verkörpert in Tyrannenechse!«

Mr. Glass setzte sich leise nach Luft schnappend.

Terwilliger sagte nichts.

Schließlich setzte Clarence sich in Bewegung, durchquerte das Zimmer; ging langsam um Glass herum und blieb dann mit bleichem Gesicht vor Terwilliger stehen. Sein Blick aus den unruhig zuckenden Augen tastete Terwilligers hochgewachsene, knochige Gestalt von oben nach unten ab.

»*Das* haben Sie gesagt?« fragte er kaum wahrnehmbar.

Terwilliger schluckte.

»Er hat es mir anvertraut. Er ist schüchtern«, warf Mr. Glass ein. »Haben Sie ihn je viel reden hören, je widersprechen? Fluchen? Irgendwas? Wenn er jemanden mag, kann er das nicht sagen. Aber ihn unsterblich machen? Das kann er!«

»Unsterblich machen?« fragte Clarence.

»Was sonst?« fragte der alte Mann zurück. »Wie ein Denkmal, nur eben beweglich. Noch in vielen vielen Jahren werden die Leute sagen: ›Erinnerst du dich an den Film *Das Monster aus dem Pleistozän*?‹ ›Sicher, warum?‹ wird man ihnen antworten. ›Weil‹, werden die anderen dann sagen, ›es das einzige Monster, das einzige Ungeheuer in der Geschichte Hollywoods war, das wirklich Ausstrahlung hatte, echte Persönlichkeit. Und warum ist das so? Weil ein Genie soviel Einfallsreichtum besaß, das Monster nach dem Vorbild eines wirklich existierenden zupackenden und entschlußkräftigen Geschäftsmannes aller erster Klasse zu gestalten.‹ Sie werden in die Geschichte eingehen. Mr. Clarence. Die Filmbibliotheken werden sie mehrfach vorrätig haben und die Cineastenvereinigungen werden sich um sie reißen. Kann ein Mensch mehr verlangen? Einem gewissen Immanuel Glass, Rechtsanwalt seines Zeichens, wird so etwas nie passieren. Jeden Tag der nächsten zweihundert, ach, fünfhundert Jahre werden Sie irgendwo auf der Welt als Hauptdarsteller glänzen!«

»Jeden Tag?« fragte Clarence leise. »Die nächsten . . .«

»Sogar achthundert, warum nicht?«

»Daran habe ich überhaupt nicht gedacht.«

»Dann tun Sie es!«

Clarence ging zum Fenster und blickte hinaus auf die Hügel Hollywoods und nickte schließlich.

»Mein Gott. Terwilliger«, sagte er, »mögen Sie mich wirklich *so* sehr?«

»Es ist schwer in Worte zu fassen«, brachte Terwilliger mühsam heraus.

»Bringen wir diesen prachtvollen, großartigen Ausstattungsfilm also zuende?« fragte Glass. »In der Hauptrolle des tyrannischen Schreckens, der über die Erde einherschreitet

und sie erbeben läßt, kein anderer als Mr. Joseph J. Clarence?«

»Ja. Natürlich.« Clarence wandte sich wie betäubt zur Tür und sagte: »Wissen Sie was? Ich *wollte* immer schon Schauspieler sein!«

Dann ging er leise auf den Gang hinaus und schloß behutsam die Tür.

Terwilliger und Glass stießen am Schreibtisch zusammen, als sie beide nach einer Schublade griffen.

»Alter vor Schönheit«, erklärte der Anwalt und zog flink eine Whiskeyflasche heraus.

Um Mitternacht, nach der Prämierenvorführung von *Monster aus der Steinzeit* kam Mr. Glass zurück ins Studie, wo sich alle zu einer Feier zusammenfanden und entdeckte Terwilliger allein in seinem Büro, den Dinosaurier auf seinem Schoß.

»Waren Sie nicht *da?«* fragte Mr. Glass.

»Ich konnte es nicht ertragen. Ist es zu Tumulten gekommen?«

»Tumulte? Die Kritiken sind alle superhyperextraplus! Ein schöneres Ungeheuer hat man noch nie gesehen! Wir reden schon über Fortsetzungen! Joe Clarence als Tyrannenechse

in *Die Rückkehr des Steinzeitmonsters,* Joe Clarence und/oder Tyrannosaurus Rex in, nun vielleicht, *Die Bestie aus der Urzeit ...«*

Das Telefon läutete. Terwilliger nahm ab. »Terwilliger, hier spricht Clarence! Bin in fünf Minuten da! Wir haben's geschafft! Ihr Monster! Großartig! Gehört es jetzt mir? Ich meine, zum Teufel mit den Verträgen, kann ich es nicht aus reiner Gefälligkeit für meinen Kamin haben?«

»Mr. Clarence, das Monster gehört Ihnen.«

»Besser als ein Oscar! Bis dann!«

Terwilliger starrte auf das schweigende Telefon.

»Gott möge uns alle segnen, hat der Winzling gesagt. Er hat vor Erleichterung fast hysterisch gelacht.«

»Ich weiß vielleicht, warum«, meinte Mr. Glass. »Nach der Aufführung hat ihn ein kleines Mädchen um ein Autogramm gebeten.«

»Ein *Autogramm?*

»Mitten auf der Straße. Ließ ihn unterschreiben. Das erste Autogramm, das er je in seinem Leben gegeben hat. Während er seinen Namen schrieb, hat er die ganze Zeit gelacht. Jemand

kannte ihn. Da stand er vor dem Kino, in voller Lebensgröße, Rex in Person, um seinen Namen zu schreiben. Also hat er es getan.«

»Warten Sie mal«, sagte Terwilliger während er die Gläser vollschenkte. »Dieses kleine Mädchen ...«

»Meine jüngste Tochter«, erklärte Glass. »Wer weiß das schon? Und wer wird es erzählen?«

»Ich nicht«, sagte Terwilliger.

Dann gingen sie, den Gummi-Dinosaurier zwischen sich, und auch den Whiskey nicht vergessend, zum Studiotor, um darauf zu warten, daß die Limousinen eintrafen, ganz blinkende Scheinwerfer, schrille Hupen und tolle Neuigkeiten.